希拉里

密和

我

薛忆沩 著

华东师范大学出版社

献给
这"全球化"的大时代

在你的奇迹中
我们见证了最古老的喜悦和悲伤

目录 /

001 开始的开始 /

016 希拉里 /

032 密和 /

050 我 /

065 密和 /

084 我 /

104 希拉里 /

124 我 /

146 希拉里 /

171 密和 /

191 希拉里 /

213 密和 /

239 我 /

260 结束的结束 /

开始的开始 /

那是我在蒙特利尔经历的最奇特的冬天。那也是我在这个世界上经历的最奇特的冬天。离开蒙特利尔已经一千九百五十二天了……直到现在,那个冬天围绕着皇家山所发生的一切都还是让我感觉难以置信。每当它们在睡梦或者幻觉中重现的时候,我总是会突然被最无情的疑问惊醒:这会是真的吗?这会是真的吗?这会是真的吗?……我痛恨这如同绝症一样的疑问,因为它想将我与那不可思议的冬天割裂,因为它想将我与那不可思议的激情割裂。每次从睡梦或者幻觉中惊醒,我都会因为这残暴的割裂而感觉遭受了至深的伤害。

按照蒙特利尔的标准,那只是一个非常普通的冬天:它开始于十二月下旬,结束于三月上旬,持续的时间并不是特别长。而在那不到三个月的时间里,一共只发生过四次雪暴,零下二十度的日子也屈指可数,就是说它也并不是特别冷……可就是在那样一个非常普通的冬天里,生活向我打开了那一扇从来没有打开过的窗口,那一扇永远也不会再打开的窗口。我至今都觉得我通过那窗口看到的风景难以置信。

  我现在相信,所有那一切都起源于我妻子的死。在最后的那些日子里,我对她的感觉发生了颠覆性的变化:她已经面目全非的身体每天都让我感到恶心,甚至是极度地恶心。她已经忍无可忍的痛苦每天都让我感到恐惧,甚至是极度地恐惧。是的,我仍然在精心地呵护着她。但是我非常清楚,这"仍然"完全是出于冷漠的理智,没有任何情感的温度。我已经不再将她当成是与自己共同生活过二十三年的女人了。她只是一副还存留着微弱知觉的骷髅。我完全是凭着冷漠的责任感抓紧了她的手。她最后一次昏迷的时候,我已经没有任何惊慌了。我叫醒了刚刚躺下的女儿。我问她还要不要拨打急救中心的电话。"你说呢?"她用很虚弱的声音反问我。我知道她也已经疲惫不堪了。我知道她的意思是说打或者不打已经没有什么实际的意义了。"那还是打吧。"我凭着冷漠的责任感说。

  前来急救的医护人员十五分钟就到了。我妻子在他们到达之后八分钟就停止了呼吸。

  我妻子是在一年一次的免费常规体检中发现自己身体的异常的。复查的结果证实她的胰腺癌已经进入中期。从发现异常到停止呼吸,我妻子只用了不到七个月的时间。前面的四个月,她的情况比较稳定。在化疗开始的那一段时间,我妻子不仅力图保持情绪的稳定,还力图保持生活节奏的正常。她甚至还坚持到便利店来帮过几次忙。但是进入新年之后,她的状况迅速恶化。那天清早她在洗手间晕倒之后,我们第一次拨打急救电话,将她送进了医院。接下来的一段时间,她的体重每天都急剧下降,她的情绪每天都剧烈波动,她每天都被忍无可忍的疼痛折磨得死去活来。

从我妻子住院的当天起,我就将便利店完全托付给了那位一直想买我们便利店的朋友,全天在医院陪护。整整六个星期很快就过去了。在二月的最后那个星期一,她的医生告诉我,进一步的治疗已经没有任何意义。我们就将她接回了家。我妻子当然知道那意味着什么。但是,她很高兴能够回到家里,最初几天的精神状况比在医院里有明显的好转。每天中午,有一位护士会过来查看病情的发展。还有一位信教的朋友每隔一天会过来为她做祷告。那位朋友每次都要求我跟她一起为我妻子做祈祷。尽管我和我妻子都不是基督徒,但她相信我们同样可以通过祷告来减缓身体和心灵上的痛苦。我必须承认,我的祈祷不仅一点都不专业,也一点都不专一。在祈祷主为我妻子减轻痛苦的同时,我更多地是在为自己祈祷。我祈祷主将来在接我走的时候一定不要再这样犹犹豫豫。我绝不愿意遭受我妻子遭受过的煎熬和折磨。从接我妻子回到家里到在死亡证明书上签字,我只用了不到三个星期。

我妻子的死亡对她和我都应该是一种解脱。与这死亡相比,我在三个月之后经历的另一次死亡对我来说就是纯粹的折磨了。那是无法用死亡证明书来证明的死亡。那是我与我女儿关系的死亡。其实,在我女儿进入中学之后,我们的关系就已经出现了明显的征兆:她对我的依赖和依恋越来越少了,她与我的交谈和交往也越来越少了……对生日的态度就是一个重要的标志:在进入中学之前,每次她过生日,她都会盼望着我给她的礼物,而每次我过生日,她也都会送给我一张自制的贺卡。但是在进入中学之后,我女儿不仅不再期盼我的礼物,也不再记得我的生日了。而到她高中毕业的时候,我们的关系就已经进入了垂死的状态:她没有根据我的意愿去选择大学,也没有根据我的意愿去选择专业。尽管如此,我对我们关系的死亡并没有心理准备。我知道她不打算根据我的意愿在读完本科之后继续深造,争取更高的学位。她想马上工作,而且想到远离蒙特利尔的地方去工作。但是,这并不一定就意味着我们的关系马上就会夭折啊!她没有得到多伦多和温哥华的工作。她沮丧的表情让我偷偷高兴了五天,也只让我偷偷高兴了五天。第五天晚上,我刚进家门,女儿就告诉我,她收到了她申请的唯一一家蒙特利尔公司的录用通知。我还没有来得及表达对她的祝贺,她接着说,她已经在办公室附近找到了一个住处,马上就会搬出去住。这是我完全没有心理准备的决定。"你为什么一定要搬出去住呢?"我着急地问。"因为我想。"我女儿冷冷地说。她在接下来的那个周末就搬走了。那是比我能够想象到的要激烈得多的行动。我女儿不仅是从我的身边搬走了,还从我的生活中搬走了:在随后的四个月里,她既没有给我来过一次电话,也没有接过我的一次电话,她甚至没有回复过我的一次邮件,她甚至连她新的住址都没有告诉我……我终于失控了。在最后一次邮件里,我愤怒地写道:"作为你的父亲,我至少有权知道你现在是死是活。"我以为我的愤怒会刺激她马上给我回复,让我知道她还活着。我苦苦等待了十天。那是比等待我妻子的死亡还要痛苦的等待。那是让我对自己的死活都失去了感觉的等待。第十天的傍晚,我在超市里遇见了她中学时代的一个同学。我问她与我女儿最近有没有联系。我没有想到她的回答会那样肯定。她说她们"昨天"还在一起吃过晚饭。这回答首先让我兴奋,因为我知道她到昨天为止还活着,接着我又感觉备受羞辱,因为我与她的关系现在还不如她一个中学时代的同学。我不需要再等她的回复了。我知道,尽管她现在可能还活着,我们的关系却已经死去。

一个月之后,我卖掉了我们的便利店。这对我是具有浓厚象征意义的交易。它意味着告别,也意味着结束,甚至还意味着逃离。它也可以说是我紧接着经历的另一次死亡。其实在我妻子的复查结果出来的那一天,我就想到过要卖掉我们经营了十三年的便利店。我想到的不仅是自己要集中精力来陪护她,还想到这突如其来的结果其实是一个提醒:它提醒我们人生苦短,应该用更多的时间去享受,而不应该没完没了地工作。但是,我怕我妻子误解了我的意思,将我的想法当成是对她的宣判。在她住院之后,卖掉便利店的想法又一次被我女儿提了出来。她也提到了复查结果是一种提醒。她说我们不应该再像从前那样过着起早贪黑和省吃俭用的生活了。我心里完全赞同,嘴上却强烈反对。我对她说,如果马上卖掉便利店,她母亲的病情肯定会立刻加重,因为她母亲将便利店看得比自己的生命还重。

接着,我又经历了另一次同样是具有象征意义的死亡。在圣诞节前的两个星期,我卖掉了我们已经住过将近十年的房子,搬进了位于皇家山西面"雪之侧"路边的一幢高层公寓。那是一幢有四十八年历史(也就是与我同年)的公寓。我选择在那样的淡季卖掉房子是因为不想在它里面孤独地过着圣诞节和我妻子的诞辰日(她的诞辰日在圣诞节之后的一天)。而我看上那幢公寓的一个重要理由就是它离我妻子的墓地非常近,我每天都可以散步从她的墓碑前经过。

搬进新居之后,我又试着给我女儿打过几次电话,她还是一次都没有接听。最后,我只好通过电子邮件将我已经搬家的消息和我新的地址告诉了她。我在邮件里希望她能在她母亲诞辰日那天上午回来,我们可以一起去为她母亲扫墓。我女儿没有回复我的邮件,但是,在她母亲诞辰日那天上午十一点钟,她走进了我的新居。那是她搬离我的生活之后我们的第一次见面。我想领她参观一下我的新居,她显得没有一点兴趣,我就只好放弃了。我们在客厅里坐了半个小时。我首先差不多是强迫她接受了新居的备用钥匙。我觉得留一套钥匙在她那里非常必要,而她却觉得没有任何必要。接着,我问她工作情况怎么样。她说不错。接着,我问她住的情况怎么样。她说很好。接着,我问她下班回来还要自己做饭,会不会感觉很辛苦。她说还行。最后我问她为什么一直不接我的电话也不给我打电话。她说太忙。我没有办法得到更长的回答,感觉极为失望。然后,我们一起去墓地。我对着墓碑鞠躬的样子在她的眼里似乎非常可笑。她默默地走到墓碑前,伸出右手抹去了墓碑顶上的积雪。我问她是不是梦见过她母亲。她回头看了我一眼,没有回答。我又问她是不是还记得她母亲做的牛腩煲。她没有回头也没有回答。我接着问她,在她母亲去世之后,我一次都没有梦见过她,这是不是有点奇怪。她还是没有回头也没有回答。我非常失望。这时候,女儿告诉我,她还约好了一位同事中午去逛街。我看了一下表,我们在她母亲的墓碑前呆了还不到二十分钟。我很想说服她多呆一会儿,但是没有开口。

  我女儿在墓地的门口就想与我分手。这一次,我没有妥协。我坚持陪她走到了地铁站,尽管她一路上都没有怎么跟我说话。在入闸口分手的时候,我告诉她,我希望她能够经常回家来看看。她说她真的很忙,差不多每天都要加班。她不假思索的回绝对我是更大的打击。"我从来没有像现在这样感到过孤独。"我几乎是用哀求的语气说,"我有时候都想离开这里,甚至离开这个世界。"不知道是我的语气还是我的语言触动了我女儿,她站在闸口的另一侧停了一下,脸上显出了不安的表情。但是,那不安很快就消失了。"不要整天闷在家里。不要总是去想过去的事。"她冷冷地说完,转身走了。我还想再哀求一次,却又什么都说不出来。我绝望地看着我女儿的背影,很想她在下站台之前能够回过头来再看我一眼。她没有。

一阵强烈的酸痛穿透了我的身体。我的眼眶顿时就湿透了。你为什么不回头看我一眼?你为什么不问我任何问题?你的回答为什么都那样短促?……难道这些都必然是成长的标志吗?一连串的问题激烈地翻腾在我的脑海中。我想起那一天我在那位台湾邻居面前对我女儿的抱怨。我说我正在成为李尔王那样的"弃父",正在面对新一轮的"身份危机"。好心的邻居劝我不要给自己强加过度的"危机感",她说我女儿的表现很正常,她说现在的孩子都这样。我无法接受这样的"很正常"和这样的"都这样"。我很孤独。我很绝望。我想离开这里,甚至想离开这个世界。

等我女儿完全从我的视野中消失,我才含泪转过身来。关于那个最奇特的冬天的故事也许就应该从这个瞬间开始,因为刚转过身来,我就注意到了那个东方少女。她的年纪应该跟我女儿的不相上下,她的个头跟我女儿的也非常相似。她站在两条通道交汇处,正在为选择出口而犹豫不决。我立刻意识到这是对我的一种补偿。我走到她的跟前,问她想要去哪里。她说想去皇家山顶上的观景台(那是可以俯瞰蒙特利尔城区的著名景点)。"你跟我走吧。"我说,"我走的正好是那个方向。"她充满信任地接受了我的建议。这对我是一种更大的补偿。与刚才陪我女儿来的情况正好相反,我们一路上有不少的交谈。她告诉我她来自韩国的釜山,父亲是银行职员,母亲是小学老师。就像我女儿一样,她也是夏天刚从大学毕业。她一直觉得自己的英语不够好,这次报名参加了麦吉尔大学继续教育学院为期三个月的英语补习班。她昨天刚来到蒙特利尔。她想趁学校还没有开学,抓紧时间参观城市里的旅游景点。我好奇她为什么会选择在冬天来蒙特利尔。她说她就是冲着蒙特利尔的冬天而来的。她说冬天是她最喜欢的季节。这要归功于她父亲或者说要归功于维瓦尔第。她说她的父亲是一位优秀的业余小提琴手。他特别喜欢拉维瓦尔第《四季》中的"冬季"。她说那一段神奇的乐曲是她和她父亲之间的精神纽带。她的这一段话立刻引发了我很深的内疚。为什么我和我女儿之间就没有这样的"精神纽带"呢?我不知道这种缺失是我自己的错还是我女儿的错。除了阅读,我没有其他方面的爱好和专长,而我女儿喜欢的是数字而不是文字。在阅读方面,她稍微有点兴趣的是我最不感兴趣的侦探小说。

我在我住的公寓大楼门口停下,与给予我很大补偿的韩国学生告别。我告诉她,顺着马路对面的那条小路一直往前走就可以走到皇家山顶了。韩国学生浅浅地对我鞠了一躬,她说幸亏遇见了我,不然她一定要走许多的弯路。她感激的言辞和举动激起了我深深的满足感。我目送她横穿过马路,我目送她渐行渐远……我的心情与刚才在地铁站里看着我女儿的背影渐行渐远时的心情完全不同。深深的满足感让我决定一直要看着韩国学生的背影完全消失。我完全没有想到,那个冬天里的第一个奇特的场面会在那背影即将消失的时候出现:在小路尽头拐弯处那家鲜花店的门口,韩国学生突然转过身来,向我举起了双手。她怎么知道我还在看着她?这有点不可思议。她好像是知道我刚才在地铁站里对我女儿背影的期待。她好像是想满足我的那种期待。我也对她举起了双手。我很激动。韩国学生继续高举着双手倒退着走。我也等她完全消失在鲜花店的后面才将手放下来。就在这时候,我突然产生了一种奇怪的感觉。我觉得那个韩国学生刚才转过身来举起双手并不是向我做最后的告别,而是在向我提出新的请求。这奇怪的感觉推着我跑过了马路,又推着我沿着那条小路跑向了鲜花店,跑过了鲜花店,又一直跑到了韩国学生的身边。"我其实还应该再陪你走一段。"我不太好意思地说。韩国学生充满喜悦的表达让我充满了喜悦。

我已经有将近十年没有在冬天的时候走进过皇家山了。刚来蒙特利尔的那些年里,我女儿总是盼望着冬天的到来,因为她非常喜欢在皇家山上的露天溜冰场溜冰。皇家山上有两个露天溜冰场。海狸湖边的人工溜冰场几乎在整个冬天都会开放。而到了严冬,有人工溜冰场四倍那么大的海狸湖本身也变成了溜冰场。节假日里一起在皇家山上溜冰不仅是我女儿的享受,也是我自己的满足。尤其当我们手拉着手在海狸湖上溜冰的时候,我总是有一种很神圣的感觉,感觉我女儿永远都不会与我分离,永远都需要我的呵护。这时候,我对生活的热爱会迅速膨胀到极值。但是,我女儿的变化一个接着一个出现了:她开始是不愿意我拉着她的手溜冰了,她后来是不再让我陪着她一起去溜冰了,她最后是自己也不愿意去溜冰了。

我一直将韩国学生带到了海狸湖边。事实上应该反过来说,应该说是那个韩国学生将我带到了海狸湖边。没有她在地铁站的意外出现,肯定就不会有我在严冬的海狸湖边的重现。面对意想不到的山景,韩国学生发出了一声韩国味很重的惊叹。我也在心里悄悄地发出了一声惊叹。我惊叹十年之后又能面对自己曾经非常熟悉的景观。我惊叹生活就好像是重现的幻觉或者幻觉的重现。

海狸湖还没有作为溜冰场开放。我在湖边的小路上为韩国学生从不同的角度拍了三张照片。然后,我们一起来到了人工溜冰场的旁边。韩国学生好奇地打量着溜冰的男女老少。而我还在继续惊叹着生活和幻觉。这时候,韩国学生突然转过脸来,问:"你会溜冰吗?"她的问题激起了我淡淡的伤感。我说我会。接着我又说,不过我已经将近十年没有溜过了。我完全没有想到,那个冬天的第二个奇特的场面会在这时候出现。

"那我们一起来溜冰吧。"韩国学生说。

我深深地颤抖了一下,感觉她的建议有点难以置信。

"我们一起来溜冰吧。"韩国学生重复了一遍她的建议。

我们马上走进名为"海狸湖阁"的服务站里租鞋换鞋。韩国学生动作非常敏捷,很快就换好了冰鞋,站在一旁等我。这与我女儿当年的情况正好相反。当年,总是我先换好了鞋之后在等着我女儿。"你为什么十年没有溜过冰了?"韩国学生问。

她的问题激起了我更深的伤感。"因为我女儿长大了。"我说。

韩国学生好像马上就理解了我的意思。她微微地低了一下头,然后又看着我问:"她多大了?"

"应该跟你差不多。"我说,"她现在都不愿意回家来看我了。"

韩国学生没有再多说什么。她等着我换好鞋之后,与我一起走进溜冰场。她很快就完全适应了溜冰场的气氛,彻底放开了她的身体。她溜得非常漂亮,不仅倒溜和顺溜转换自如,甚至还能做漂亮的跳跃和旋转。而且她每次从我身边溜过的时候,都会很开心地跟我打一声招呼,让我感觉十分温馨。我自己花了很长的时间才勉强适应溜冰场的气氛。这一方面是因为十年的隔膜,更重要的是因为我的注意力一点都不集中。我不断地停下来观赏着韩国学生轻松自如的表现,又不断地回忆起我与我女儿当年在溜冰场上的场面。同时,我还在继续惊叹着生活和幻觉:我怎么也不会想到自己会在十年之后又重新回到皇家山的露天溜冰场上,而且是用这样一种奇特的方式。这种惊叹让我在走出溜冰场的时候突然产生了一种奇特的冲动。我想这应该不是结束,而是开始。我想以后每天都来皇家山上溜冰,而且是每天清早起床后就来,而且要坚持整个的冬天。这是一种多么奇特的仪式啊!我想用这奇特的仪式驱散已经令我忍无可忍的孤独和空虚。

换好鞋之后,我指给韩国学生看通往观景台的山路。她说她已经感觉有点疲劳了,加上天色也已经昏暗,拍照的效果肯定不好。她想还是跟我一起下山,以后再去那里参观。"我正好还可以再多练习一下英语。"她说。我隐隐感觉她是有意想陪我下山,心中充满了欣慰。

一路上,韩国学生谈起了她儿童时代学习溜冰的一些经历。她说有时候她父亲会一边拉着小提琴一边看着她溜冰。她说那真是很奢侈的享受。我继续在暗暗地羡慕她有一个那样的父亲,也羡慕那个父亲有她这样一个女儿。在我住的公寓大楼前,我犹豫了一下,说我可以再陪她一段,陪她到地铁站去。她显得非常高兴,说:"我们正好可以在相遇的地方分手。"接着,她谢谢我为她花了那么长的时间,而我说我应该谢谢她,因为她让我找回了溜冰的感觉。我也祝福她在蒙特利尔的学习和生活都很开心。我们最后也是在地铁的入闸口分手。但是我看着她走进入闸口的心情与三个小时前看着我女儿走进入闸口的心情已经完全不同。我的心中充满了感激和喜悦。我想看着她走下通向站台的台阶。我没有想到她会突然转身,并且又快步朝我走过来。我更没有想到她会说出那句至今都让我充满感激和喜悦的话。"她会回到你身边来的。"她说,"一定会。"

这应该是那个冬天里的第三个奇特的场面。它更加坚定了我对自己刚才在皇家山上作出的那个决定的信心。回到公寓大楼,我直接去了设在底层的杂物间。上次搬家的时候,我处理了许多从前的物品,但是我特意留下了我自己和我女儿的溜冰鞋。当时我只是想留着它们做一个纪念。没有想到,它们还会重新遇到皇家山上的真冰。

我整个晚上都没有睡好。我的脑海里交替翻腾着白天奇特的经过以及十年前在皇家山上溜冰的画面。我对自己的重新开始不仅充满了憧憬,也充满了惶惑。我不知道自己能不能坚持每天清早上山的决定。十年前,我只是在节假日的中午或者下午去,而且每次都带着我女儿去。我们在上山的路上总是不停地说着话。我们在换鞋的时候也总是不停地说着话。我们在溜冰的时候也总是不停地说着话。现在,我变成了孤零零的一个人。我真的不知道自己能不能坚持整个冬天都上皇家山的决定。

天刚蒙蒙亮我就起来了。上完厕所之后,我坐在床上读完了那本从波斯语翻译过来的小说。最近半年以来,我给自己规定了每天阅读英语的定量。这种阅读已经成为我与孤独相伴的一种重要方式。现在,我又找到了另外一种方式。这两种方式一静一动,正好是一种补充。我在八点差十分走出家门。像从前那样,我的右肩上背着我自己的冰鞋,左肩上背着我女儿的冰鞋。失眠的影响很快被激动冲淡。我激动地朝着皇家山上的海狸湖边走去。这时候,我当然还不可能知道这个冬天将会是我在蒙特利尔度过的最奇特的冬天。但是,我清楚地意识到与上一个冬天相比,自己与世界的关系已经彻底改变了:我已经不再是一个丈夫,我也已经不再是一个父亲,已经不再是一个业主,甚至已经不再是一个男人……关于那个最奇特的冬天的故事其实也可以从这里开始。

希 拉 里 /

我走进服务站的时候,里面只有一个人。这是我以前从来都没有遇见过的情况。以前每次带女儿来,赶上的都是节假日的高峰期。那时候的服务站总是处于爆满的状态,找到有空的鞋柜都很不容易。而我女儿还总是坚持要她最喜欢的鞋柜,就是靠近面对海狸湖的窗口那一排正中间的那三个鞋柜。说服我女儿接受其他的鞋柜需要花很长的时间。她同意之后坐下来换鞋又需要很长的时间。当然,我从来没有觉得那是耽误时间。我从来没有觉得为我女儿做任何事情是耽误时间。可是,她怎么会变成现在这种样子?她现在根本就没有兴趣与我做任何交流。她现在好像觉得给我来一个电话或者接听我的电话都是在耽误时间。

那是一个女人。她坐在我女儿最喜欢的那一排鞋柜的正中间。她的双手抱着弯曲的双腿。她的头轻轻地靠着她的膝盖,脸侧向面对海狸湖的窗口。那很像是一张著名的黑白照片中的姿势。她显然是刚刚从溜冰场上下来,脱去的冰鞋倒卧在她的跟前。非常奇怪,从我的目光接触到她背影的一刹那,我就感觉到她好像是一个病人。更准确地,应该说我在那一刹那就已经感觉到了她的生命中强烈的矛盾:一方面,它散发出能够挑战一切喧嚣的活力;另一方面,它又散发出无法承受任何骚动的恐惧。一个奇怪的标签立刻出现在我的脑海中:那个女人是一个"健康的病人"!

我没有想到迎接我"重新开始"的是如此强烈的矛盾。从她身边走过的时候,我感觉有点不安。而她对有人走进了她一个人的空间并且还从她身边走过没有任何反应,这让我感觉更加不安。

我走到以前我女儿最不喜欢的那一排鞋柜跟前,选择面对而不是背向服务站的内部坐下。这样,"健康的病人"就完全处在我视线之内。从现在的方向,我能够看清楚她身体上的更多细节,比如她盘在头顶上的发髻和她交叉在小腿前的手指。这些细节好像拉近了我们之间的距离。当然,我还是看不到她的脸。我也就还是无法知道她究竟是在观看、是在沉思,或者仅仅是在发呆。我想不管是哪种情况,她都应该是非常专注的,否则她不会对一个陌生人的出现没有任何反应。

我每天不仅要背着我自己的冰鞋,也要背着我女儿的冰鞋。这是我在深夜失眠的时候作出的决定。我希望这会造成一种幻觉,好像我女儿还依然跟在我的身边。刚才在上山的路上,我就一直在与她交谈。我还是问她喜不喜欢蒙特利尔。那是在移民生活最初的那些年里我向她问得最多的问题。她的回答从来都是肯定的,这是我能够在移民生活中坚持下来的重要保证,这是我和她共同的幸运。

我望着一动不动地坐在那里的"健康的病人",又看了看我女儿的冰鞋。我知道我又不得不开始劝说她了。"你看,"我说,"已经有人坐在那里了。"我女儿当然不肯放弃。她要我去跟"健康的病人"交涉。"没有用的。"我说,"她不会让开的。"我女儿问我怎么知道。"刚才我从她身边走过的时候,她都没有任何反应。"我说。我女儿还是不肯放弃。她说她要一直等着。"她永远都不会离开的。"我继续劝导说。我女儿又问我怎么知道。"因为——"我又看了"健康的病人"一眼,突然,我好像窥探到了她心灵的秘密。"因为她很孤独。"我说。这时候,我突然意识到我女儿其实并没有跟在我的身边。已经十年了……而且我相信她永远也不会再回来了。这时候,我才意识到我窥探到的其实并不是那个女人心灵的秘密,而是我自己心灵的秘密。我很孤独。我真的很孤独。我从来都没有这样强烈地感受到过孤独。

溜冰场的管理人员还没有上班。租卖冬季运动器材和各种配套物品的门面还没有打开。这也是我以前从来没有遇到过的情况。我突然想,如果不是我妻子的离去和我女儿的离开,我就不可能遇见昨天的那个韩国学生,就可能永远都不会走进清晨的皇家山,看到这完全不同的溜冰场和服务站。是死亡将我带到了这"完全不同"之中,是孤独将我带到了这"完全不同"之中。这"完全不同"让我马上又想起了刚才读完的那部小说里的一段话。小说的叙述者是巴列维家族中的一员。她在巴黎过着流亡的生活。有一天,她听一位从小失明的老人谈起了巴黎与爱情的关系。他说:"客观存在的巴黎其实没有意义,有意义的是个体生命中的巴黎。卢浮宫、艾菲尔、圣母院……这些景观只有通过个体生命的体验才能去除外表的遮蔽,获得真实的意义。你与不同的人走进的巴黎是不同的。具体地说,你与爱你的人和不爱你的人走进的巴黎是不同的巴黎,你与你爱的人和你不爱的人走进的巴黎更是不同的巴黎。这不同的巴黎在审美的意义上当然有高低之分。爱改变语言、改变世界、改变人对世界的看法、改变人与世界的关系……婚姻改变不了人,但是,爱注定要改变人。为什么海明威说巴黎是'流动的盛宴'?因为他在那里经历了爱,那改变了他的爱,那将要被转化为巨大创造力的爱,那唯一的爱。"我好像有点明白了那一段话以及那部有点晦涩的小说想要表达的意思。我突然感觉到皇家山变成了我个体生命中的一部分。我突然感觉到自己经历过的死亡和孤独正在给皇家山赋予意义。

我故意放慢了换鞋的速度,因为我很想看到"健康的病人"改变她的姿势。但是,我没有看到。一直到走出服务站的时候,我也没有看到。我觉得那真是有点不可思议。她怎么会那么专注？她怎么会对闯入她的空间里来的陌生人没有任何反应？她怎么会让我在见到她的那一刹那就同时感觉到她的活力和恐惧？……她激起了我强烈的好奇。我想看见她的表情，我想听到她的声音，我想知道她的背景……我从来没有对一个陌生人产生过如此强烈的好奇。

站在服务站外的过道上，我忍不住又透过窗口玻璃朝她那边张望：她的姿势还是没有任何改变。我带着强烈的好奇走进溜冰场。因为有前一天的热身，我很快就找到了对冰的感觉。但是，我的注意力已经不在冰上。我想象着"健康的病人"的表情、声音和背景。我甚至在想象着她与我的决定的关系：我会每天清早都在这里遇见她吗？她也将溜冰当成是克服孤独的方式吗？我对她强烈的好奇会引起她的不安吗？……是突然从高音喇叭里传出的音乐将我的注意力拉回到了溜冰场上。高音喇叭悬挂在溜冰场南侧的灯柱上。在高峰期的时候，它里面传出的总是适合大众口味的流行音乐。而这时候我听到的却是古典音乐，而且是贝多芬的D大调小提琴协奏曲。那是我最喜欢的古典音乐曲目之一。我还清楚地记得，第一次听到这首乐曲是在初中地理老师的家里。那是一九七九年八月底的一天下午。当时我不到十八岁，正在等待着人生历史上的第一次远行。再过四个小时就要登上去北京的火车了。我特意去向一直都很关心我的初中地理老师辞行。我们交谈了几句之后，他将一盒磁带放进他新买的索尼录音机里。他说他要用一种特别的方式给我送行。那是我第一次听到贝多芬的D大调小提琴协奏曲。那是一部同时饱含着对过去的伤感和对未来的憧憬的作品。我从它的第一个小节开始就感到了强烈的震撼。我甚至觉得它就是贝多芬专门为一百七十多年后的一次特定的远行写下的作品。它改变了我的那一次远行,它也改变了我人生中所有的远行……没有想到那居然已经是三十多年前的事情了。没有想到时光的流逝居然一点都没有磨损乐曲的震撼。我溜到设计得很现代的灯柱跟前停住,抬头看着被白雪覆盖的高音喇叭。我好像能够看到一个个纯净无比的音符从那里飘出,飘进了没有一丝污染的旷野,飘进了没有一丝浮躁的静谧,最后飘向了没有一丝杂质的天空……一种神奇的喜悦浸透了我的心灵。从十八岁的那次远行之后,我离家越来越远了,对"远"的忧伤也成为我心灵中无法消除的郁结。但是此时此刻,我好像突然明白了我人生中所有的远行其实都是为了接近,接近这浸透心灵的喜悦,接近这纯洁无比的宁静。我深深地呼吸了一口清新的空气之后,配合着音乐的节奏,夸张地甩动着双臂,畅快地滑动起来。我的速度越来越快,越来越快……不,这还不足以充分表现我获得的喜悦和享受的自由。于是,我掉转了方向,开始我并不十分熟练的倒滑。我仍然在加速,加速,加速……突然,我感觉右边的冰刀晃动了一下。紧跟着,我就完全失去了平衡,侧身摔倒到了冰面上,并且马上凭着强烈的惯性一直滑行到了溜冰场的边缘。

这迅雷不及掩耳的变化让我感觉非常开心。我畅快地叉开双腿,摊平双手,紧闭双眼,躺在冰面上继续跟着高音喇叭哼唱着熟悉的旋律。我没有想到这畅快的享受会被人的声音打断。"你没有事吧?"那个声音问。一个陌生的声音。一个女人的声音。我迷惑不解地睁开眼睛,发现刚才那个"健康的病人"正站在我的身旁,俯视着我。我迅速从冰面上爬了起来。我一边低头拍去身上的雪迹,一边用喃喃自语般的声音回答说自己只是不小心摔了一跤,没有什么问题。听完我的回答,"健康的病人"转身走开了。我抬头望着她的背影,很后悔自己刚才草率的回答:为什么不回答说我摔得很重呢?为什么不请求她搀扶着回到服务站里面去呢?

我望着她充满活力的背影,又想起昨天与我女儿在地铁站的分别。我相信那在皑皑白雪中渐行渐远的背影也不可能突然掉转方向。我非常后悔地想,自己对"健康的病人"强烈的好奇可能永远都得不到满足了。我想自己刚才失去的是一生中唯一一次走近她的机会。就在这时候,我突然意识到她没有背着她的冰鞋。她的冰鞋呢?她为什么没有背着冰鞋离开呢?新的疑问让我的好奇变得更加强烈。她当然是将冰鞋留在服务站的鞋柜里了。这就意味着她现在并不是要离开皇家山或者她在今后的某一天还会要再回来。

也许她真像我一样,决定每天都要到皇家山上来……这种想法给了我很大的安慰。这意味着我刚才失去的可能并不是唯一的机会。

我好奇地盯着她的背影。她果然没有往出山的方向走,而是在往进山的方向走。这时候,我注意到在皇家山空旷的清晨里还存在着另外的一个人:一个坐在海狸湖边的人,一个坐在电动轮椅上的人。"健康的病人"显然也注意到了那个人。她从电动轮椅边走过之后,回头看了两次。然后,她继续朝丛林里走去。她走到了一棵老榆树的跟前。她将手伸进了老榆树上的一个树洞里。她从里面抽出了一对滑雪板和一对雪杖。这又是怎么回事?我的好奇更加强烈了:一个人要对皇家山熟悉到什么程度才可能发现一个能够存放滑雪板的树洞啊?这发现是她的健康的标志,还是她作为病人的证明?"健康的病人"非常熟练地踏上滑雪板,动作轻盈地沿着滑雪道朝皇家山深处滑去。她刚才显然是已经溜过冰了,怎么还会有精力去滑雪?一个人要多么健康才可能做到这一点?一个人要多么"病"才可能做到这一点?我的好奇越来越强烈了。我想知道所有这一切。

我又心不在焉地溜了两圈之后走出溜冰场。我选择从刚才进来的门进入服务站,这样,我又会很自然地从"健康的病人"刚才坐着的那排鞋柜边经过。我注意到正中间的那个鞋柜上了锁。那应该就是她存放冰鞋的位置。那也是十年前我女儿经常存放冰鞋的位置。我在那个鞋柜前停下来,怀旧地看着窗外。我立刻就看到了湖边那个坐在电动轮椅上的人。从这个可以展示海狸湖全景的角度看上去,那个人与洁白又寒冷的皇家山的关系显得更加神奇。我觉得那不是一种现实,而是一幅作品,而且是只有神能够创造出来的作品。我突然好像理解了"健康的病人"的"没有任何反应"。我猜想她刚才就是在专注地欣赏着这样一幅只有神能够创造出来的作品。

我回到自己存放冰鞋的那一排鞋柜边。换好鞋之后,我仍然迷惘地坐在鞋柜上。我有点想等"健康的病人"回来。我想知道她引起我好奇的一切。一对老年夫妇手牵着手走进服务站。他们各自的肩上都挎着一双冰鞋。他们在我对面那排鞋柜上坐下,动作稍显迟缓地换好了冰鞋。我忍不住与他们打招呼,问他们已经多大年纪。老先生说他刚满八十四,老太太说她比老先生小两岁。我夸奖他们到了那样的年纪还有勇气来溜冰。老太太得意地告诉我,他们从结婚前一年开始就在一起溜冰了,至今已经溜了六十二年。老先生得意地告诉我,今天是他们的结婚纪念日,他们每年都用溜冰来庆祝他们的结婚纪念日。我心中泛起了淡淡的伤感。我想到世界上包括我妻子在内的许多人甚至连寿命都不及我眼前这两位老人的婚龄。我想到世界上没有多少人会有如此漫长又如此幸福的婚姻。

我等了将近一个小时也没有等到"健康的病人"。而且我注意到那个坐在轮椅上的人也已经不在海狸湖边了。我不想再等下去。在下山的路上,我想着刚才躺在冰上睁开眼睛的一瞬间,我清楚地看到了"健康的病人"的面容。从那严肃的面容里,我看不出她实际的年纪,却能够看出她受过很高的教育,也有很丰富的内心。更奇特的是,我从看到她的一刹那就已经感觉到的那种矛盾也很清晰地显现在她的面容里。我知道,正是她生命中的矛盾激起了我对她强烈的好奇。

那一整天我都在想着"健康的病人"。我为什么会在看到她的一刹那就看到她生命中的矛盾?我为什么会在看到她的一刹那就肯定她是一个"病人"?她究竟得的是什么"病"?……强烈的好奇完全代替了强烈的孤独。晚上在床上躺下之后,我脑海中翻转着的不再是我与妻子的隔膜和我女儿的冷漠,而是"健康的病人"优雅的坐姿、关切的询问以及那个神秘的树洞……甚至还有我们在一起溜冰的场面。她溜得就像那个韩国学生一样娴熟。她的耳孔里插着耳塞,应该是在欣赏着音乐。她一次次地从我的身旁超过。她轻盈的背影带给了我亲密的感觉。

第二天清早,我故意提前了半个小时出门。我想也许我真能像昨天晚上"看"到的那样,与"健康的病人"在溜冰场上相遇。我仍然背着我女儿的冰鞋,但是在上山的路上,我完全没有再去想她了。

我在想着等一下与"健康的病人"的交谈应该怎样开始？我必须小心谨慎，不能让她看出我对她已经产生了强烈的好奇。我想交谈最好是从感谢她昨天的关心开始。然后，我还应该夸奖一下她的溜冰技术。接着，我可以顺势问一下她是不是也决定每天都上山来溜冰，接着我还可以问一下除了溜冰之外，她还有什么其他的爱好……我想这样的一些问题能够将我带进她的世界。当然，我不会让她知道我已经知道她存放滑雪板的位置了，因为那可能会让她感觉难堪。当然，我更不会让她知道她昨天离开之后，我一直都在想着她……刚走进服务站，我就知道我所有的设想都没有意义了，因为她已经坐在了昨天同样的位置上，外套和冰鞋都已经脱下，显然又已经完成了溜冰。她没有保持昨天的坐姿，而是完全面对着朝向海狸湖的窗口。我小心翼翼地从她身后走过。我又注意到了她仍然是盘在头顶的发髻。它让我心烦意乱，因为我感觉到了一阵奇怪的冲动，想向它伸过手去。她头发的颜色并不单纯，栗色里面夹杂着零星的灰白。这告诉我她的年纪并不像她的动作表现出来的那样年轻。

就像昨天一样，她还是对有人进入了开始只有她一个人的空间没有任何反应。我还是坐到了昨天的那一排鞋柜上。但是我不敢像昨天那样面对着她坐了。我突然害怕起来，害怕她突然转过身来。我非常紧张。想着自己从她昨天离开之后就一直在想着她，我就非常紧张。想着自己刚才居然产生了触摸她的发髻的冲动，我就非常紧张。我背对着服务站的内部坐着。我忐忑不安地换好了冰鞋。在朝服务站出口走去的时候，我都不敢朝她那边张望。我只想赶快离开与她共享的空间。只是已经走出了服务站，我才忍不住透过窗户玻璃偷看她那边一眼。怎么回事？她已经不在那里了。我匆匆绕到面对海狸湖的一侧。我看到了"健康的病人"。她已经差不多走到了那个坐在电动轮椅上的人的身后。她减慢了一点速度，将脸侧向电动轮椅，好像很想知道什么。接着，她又快步朝那棵老榆树走去。

　　第三天清早我决定再提前半个小时出门。可是，就在我准备出门的时候，电话铃响了。不出所料，又是我那位正在办理投资移民的中学同学打来的。他第一次来电话咨询的时候，我问过他为什么会突然有移民的想法。他的回答非常简单：他说中国的有钱人都在考虑移民。我们已经失联许多年了，我不知道他已经变成了"有钱人"。我也不太熟悉中国"有钱人"的情况，不知道移民成了他们的时髦。这已经是他第五次给我电话了。上次通话的时候，他告诉我说他太太从一开始就对移民充满了顾虑，完全是在他的哄骗之下才勉强同意了一起申请。正式递交申请之后，她变得更加不安了，经常都会失眠。而他们刚刚收到的面谈通知更是将她推向了崩溃的边缘。她现在每天都哭哭啼啼、不思饮食，失眠的情况也更加严重。她已经明确表示不会去参加面谈。我的同学已经想不出其他的办法了,他希望我能够结合我个人的经验,与他太太谈谈移民的好处。我当时就断然回绝了他。我说从我个人的经验里可能看不到移民的任何好处。可是,他的这第五次电话还是来了。他说他的太太就在他的身边,他说她想与我谈谈。我从来就没有见过他太太。我根本不相信她会想与我交谈。我也完全不知道应该怎样与她交谈。我首先很礼貌地与她打了一声招呼,并且报上了我的姓名。没有想到,这简单的开场居然会让她放声大哭起来。我的同学抢过了话筒,请求我不要挂断电话。他说她一会儿就会好的。接着,我听到他一边责骂一边哀求,最后终于止住了他太太的痛哭。然后,他将话筒交给了她。刚才在听着那些责骂和哀求的同时,我突然有了主意,觉得可以从夫妻感情的角度来开始我的劝说。我马上问她爱不爱她的丈夫。她回答说当然。我接着说既然如此,她就应该与他步调一致。"可是我总不能跟着他往火坑里跳吧。"她激动地说。她的话让我忍不住想开一句玩笑。"加拿大不是火坑,是冰窟。"我说。她没有回应。我接着告诉她,有人把移民说得太好,有人把移民说得太糟,这两种极端都不可信也都不可取。"其实移民就是换一个地方过日子,"我说,"只要你对你丈夫还有感情,跟他在任何地方过日子不都是一样的吗?"她还是没有回应。我接着说他们现在面对的还不是马上就要移民的问题。他们的面谈可能根本就不成功。他们的申请可能根本就不获批准。哪怕申请最后获得了批准,他们也完全可以选择不去登陆。哪怕他们选择了登陆,他们也还随时都可以放弃。"还是一起去面谈吧。"我最后说,"你不是与你的丈夫还有感情吗?"她还是没有回应。这时候,我的同学抢过了话筒。"你真有办法。"他兴奋地说,听上去好像是我的劝说已经奏效。这让我感觉有点莫名其妙。

这奏效的劝说让我错过了"健康的病人"。与昨天相比,我不但没有提早,反而还晚了四十分钟才走进服务站。那里空无一人。溜冰场上也空无一人。我一边诅咒着刚才耽误我时间的"有钱人",一边在我这几天的老位置上坐下,准备换鞋。我感觉有点失落。我想知道"健康的病人"是已经离开,还是还没有来。但是我马上又想,她已经离开或者还没有来其实都没有关系,只要她还会来。我走到她一直占用的那个鞋柜跟前,看到它还是锁着,感觉好了一些。接着,我觉得还应该去老榆树那边查看一下,因为如果滑雪板没有在树洞里,"健康的病人"就应该在皇家山上。我将两双冰鞋都放进鞋柜里,跑出服务站,跑向老榆树。如果不是因为那个坐在电动轮椅上的人,我会一口气跑到老榆树的跟前。我在从电动轮椅后经过的时候,放慢了脚步。我在从那里走过之后,也忍不住像"健康的病人"一样回了两次头。新的好奇出现在我的头脑中:对那个坐在电动轮椅上的人的好奇。它分散了我对"健康的病人"的关注疑虑。

走到老榆树跟前,我伸手在树洞里摸到了滑雪板。这不是我希望的结果,却并没有让我失望。我知道这是因为新的好奇已经分散了我的注意力。

第二天清早,我还没有走进服务站就透过窗户玻璃看见了"健康的病人"。她还是坐在自己的老位置上,她显然又是刚刚从冰场下来。我没有给自己任何犹豫的机会,直接走到了她的身旁,跟她打了一声招呼。她侧过脸来看着我,表情还是那样严肃。我说出了早就准备好的感谢的话,感谢她那天的关心。她礼貌地对我点了点头,然后,又将脸转过去,面对着窗外。我不希望我们的交谈再一次中断。我希望她注意到我对她的关注。"你昨天好像没有来。"我认真地说。

"健康的病人"猛地将脸侧了过来。"你昨天没有来。"她说。她将重音落在"你"的上面,语气带着责备的味道。

这激烈的反应完全出乎我的意料,也让我非常得意。这说明"健康的病人"已经注意到了我对她的关注。这也说明我们的交流可以继续进行下去。"我没有想到原来是错过。"我低声说。这是我们在整个冬天里的第一次错过。

我忍不住又瞥了一眼她盘在头顶的发髻,同时马上又感到了那一阵很深的烦躁。但是,我暗暗提醒自己,一定要将交谈推进下去。"你是蒙特利尔人吗?"我问。

她好像也在等待着我们新的话题。"我生在这里,长在这里,住在这里。"她说。

但是,她没有像我以为的那样接着也问及我的身份。"我也是蒙特利尔人,"我主动说,"已经在这里生活十五年了。"看到她没有进一步的反应,我接着说:"不过,我之前生活在中国。"

我没有想到这样简单的一句话会再次引起她激烈的反应。她的目光变得那样的不安。她的表情变得那样的阴暗。"中国。"她重复了一遍,语气好像是轻蔑又好像是畏惧。

我从来没有遇见过任何一个西方人用那样意味深长的语气提到我的祖国。那语气向我提醒了我们之间现有和将有的距离,同时又进一步强化了我对她的好奇。"你去过那里吗?"我好奇地问。

"健康的病人"用极度不安的目光看着我,没有回答我的问题。

这意想不到的沉默令我不寒而栗。我感觉这是比她前面那些激烈反应更为激烈的反应。为什么?为什么?为什么?她为什么不回答这只有两个对立答案的最简单的问题?她到底是去过还是没有去过?……"健康的病人"显然是注意到了她的沉默引起的疑惑。她将手向我伸过来。"我叫希拉里。"她用非常严肃的口气说,"很高兴认识你。"

密 和 /

　　直到我们最后分手的时刻,她才从我手里的那份报纸上撕下一角,在上面写下了她的名字以及它的英文拼法。那距离我第一次看到她已经将近七十天了。我第一次看到她是在我第一次看见希拉里的那个清晨:是希拉里充满活力的背影将我的视线引向了她。她坐在电动轮椅上,坐在海狸湖边,面对着冻结的湖面,面对着日出的方向。准确地说,我那一天并没有看到她,而只是看到了那个坐在电动轮椅上的人。我们之间的距离甚至让我无法辨明那个人的性别。而我直到与希拉里错过的那一天才第一次走近她。那一天,希拉里没有像我习惯的那样坐在服务站里,也没有像我想象的那样活跃在溜冰场上。我不知道她是已经离开还是还没有到来。我朝丛林方向走去,想去查看一下她的滑雪板是否还在老榆树的树洞里。就这样,我第一次走近又走过了总是停在海狸湖同一个位置的电动轮椅。就这样,我第一次走近又走过了也许完全不应该出现在那里的那个人。这好像是上帝精心的设计。在整个冬天里,我不断进入这种设计。我现在甚至觉得那整个的冬天都是上帝精心的设计。我在从电动轮椅旁边走过的时候放慢了脚步:那居然是一个女人!那居然是一个年轻的女人!那居然是一个年轻的东方女人!十五年的移民生活,尤其是开便利店那些年应付各种顾客的经验,带给了我一种特殊的辨别能力:从身体和身体语言辨别族群的能力。这也许就是移民生活的"好处"之一吧。我现在能够不太费力地辨别谁是东欧人谁是西欧人,谁是母语为英语的人谁是母语为法语的人……而辨别中国人、日本人和韩国人对我来说就更加容易,它甚至与移民生活都没有太多的关系。是的,我只看到了她的侧面,这已经足以让我确定她不是韩国人。不过对她究竟是中国人还是日本人,我却完全没有把握。她好像比中国女子多点什么,又好像比日本女子多点什么……她立刻就激起了我强烈的好奇。而在从老榆树边折回来的时候,更奇特的场面出现在我的眼前:她居然在埋头写作!一个坐在电动轮椅上的年轻东方女子在蒙特利尔冰天雪地的旷野里埋头写作!这需要怎样的沉静、刚毅和激情啊!这是多么难以置信啊!

  我相信这是我们关于写作能够想象得出的最奇特的画面。我的好奇迅速膨胀:我想知道她为什么会出现在不应该出现的地方。我想知道她为什么具备那样的沉静、刚毅和激情。我想知道她在写什么。我想知道她是谁……在离开服务站的时候,我向一个工作人员打听了一下她的情况。他说她从冬天刚一开始就来了,而且是每天清早都来。她总是在同一个时间到达。在气温不是太低以及风不是太大的日子,她的电动轮椅总是停在海狸湖边的同一个位置。他说她一般总是先站起来活动一下头部和上肢,然后再静坐一段时间,然后就开始写作。气温太低或者风太大的日子,她就会改到服务站旁边的避风处来活动和静坐,然后到服务站里面来写作。他还告诉我,她每天清早都是由同一辆专门负责接送残疾人的出租车送到山上来的。

工作人员的这些介绍更加强化了我对她的好奇。这种新的好奇冲淡了因为希拉里没有出现而带来的失落感。那是很奇特的一天。一直到我在床上躺下之后,对在皇家山的清晨里出现的这两位神秘女性的好奇仍复杂地纠缠在一起。我虽然对她们都毫无了解,甚至都还没有看见过那个东方女子的脸,却已经感觉到了她们的不同。希拉里看上去很健康,却肯定是一个病人,而坐在电动轮椅上的东方女子当然是一个病人,却让我感觉充满了阳光。也许可以借用现在很流行的词汇,说希拉里代表的是"负能量",而坐在电动轮椅上的东方女子代表的是"正能量"。

第二天的相遇证实了我的这种看法。希拉里为什么会用那种轻蔑又畏惧的语气重复"中国"这个词?又为什么不肯回答是否到过中国的问题?她让我清楚地感觉到了她生命中消极的力量。而在准备下山的时候，我看见那个东方女子已经等在停车场的旁边。虽然她正在低头读着她的笔记本，我还是故意绕到她的前面，想看清楚她的脸。在我走近她的时候，她果然抬起了头。可是，我不仅没有勇气正视她，还紧张地加快了步伐。不过，我用余光已经看到她有黝黑的皮肤和结实的骨骼，散发出矫健的美。我猜想她在坐上轮椅之前，如果不是一位运动健将，至少是一个酷爱户外运动的人。

从向溜冰场的工作人员打听到那个东方女子的情况之后，我就一直在盼望着气温骤降和寒风凛冽的恶劣天气。我相信一旦她被恶劣的天气带进服务站里，我就会有走近她的机会。我不需要等待太久：在冬天里的第二场雪暴到来的当天清晨，气温骤降到了零下十六度。而按照我出门前从收音机里听到的天气预报，加上狂风的因素，当天的最低气温感觉就像是零下二十三度。刚刚走出公寓大楼，我就立刻领教了"恶劣"的程度。而在顶风上山的路上，我有两次几乎被狂风吹倒。这"恶劣"带给我的是温暖的想象。我想象那个东方女子一定已经将电动轮椅开到服务站里去了。那是我走近她的机会。我不会放过这样的机会。我对她有那么多的疑问。我对她有那么强烈的好奇。我会勇敢地走到她的身旁，问她是中国人还是日本人，问她正在写什么东西，问她为什么会选择在寒冷的海狸湖边写作，问她怎么会进入只有神能够创造出来的作品……可是我的想象最后被希拉里打断了。从第一次握手之后，我们有一次在溜冰场上的相遇以及三次在服务站里的见面。但是因为她对"中国"的那种反应，那种令我迷惑不解的反应，我好像已经失去了与她深谈的信心和兴趣。我一直在想她的那种反应到底意味着什么，或者她的轻蔑和畏惧到底针对的是什么。在溜冰场上相遇的那一天，她在离场之前溜到了我的跟前，问了我一个极为普通却更令我迷惑不解的问题。她问我在中国哪些城市生活过。从她紧张的语气和表情很容易知道，这个问题对她非常重要，我必须马上回答。我回答说我出生在四川重庆附近的一个小县城里，后来去了北京读大学，移民到蒙特利尔来之前一直在广州工作。我没有想到，我的回答会让她的情绪马上松弛下来。这样的效果也令我迷惑不解。她为什么不回答我关于她是否去过中国的问题，却想知道我在中国的哪些城市留下过生活的痕迹？

是的，当意识到自己有机会走近那个神秘的东方女子的时候，我马上就想到了希拉里。这让我有点不安。自从第一天在服务站里注意到她之后，每次在上山的路上，我都会想象我们在服务站或者溜冰场上相见的可能情况。但是这时候，我想的正好相反。我希望她不要在服务站里，也不要在溜冰场上，甚至最好是不要在皇家山上，因为我非常清楚，她的"在"一定会妨碍我与那个神秘的东方女子的交谈，甚至会窒息我朝电动轮椅走近的勇气和冲动。我的脚步变得越来越沉重了。这是我第一次意识到神秘的东方女子与"健康的病人"是我现在必须要小心应对的矛盾。

还没有走进服务站,我就透过窗户玻璃看到了电动轮椅。它停靠在主入口右侧的那个死角里。我相信那是她有意的选择,因为那是整个服务站里最容易被人忽视的角落。她正埋头在笔记本上写作,当然不会注意到我的出现。这稍稍减轻了我不安的程度。我不希望马上被她注意,因为我首先需要确认希拉里是否在场。我不安地走进服务站。希拉里不在。我查看了一下溜冰场的方向,那里也没有任何人。这是出于偶然还是出于必然?整个冬天,我面对过无数可以或者应该提出这个问题的机会。我不知道。我都不知道。我都无法知道。但是现在,这样的机会给了我勇气。我走到自己那一排鞋柜前,将冰鞋放下。然后,我面对着窗外,做了一个也许是我有生以来最深的呼吸。然后,我朝着电动轮椅走去。我非常紧张,好像自己是在被押赴刑场。走到电动轮椅旁边之后,我首先用英语与神秘的东方女子打了一声招呼,然后在最靠近她的那一排鞋柜的尽头坐下,这样我就正好与她保持着一致的高度,方便与她交谈。她紧张地将脸转过来,并且迅速合上了她的笔记本。我也非常紧张。我感觉自己的脸也已经像她的脸一样涨得通红。我指着她的笔记本说我看到她每天都在写,很好奇她在写什么。她紧张地摇着头用法语说她不会说英语。这让我有点吃惊。以我的经验,生活在这里的东方人如果不熟谙英法双语,至少能说英语。我这是第一次遇见只会说法语,而不会说英语的东方人。而更让我吃惊的是她说的法语是纯正的法国法语,而不是那种带很重口音的魁北克法语。这说明她不是在魁北克的法语环境中长大的人。这时候,我意识到她的身份问题比我原来想象的还要复杂:除了她到底是中国人还是日本人的疑问之外,她说纯正的法语又给我带来了新的疑问。

我连忙改用带着四川口音的法语结结巴巴地将我刚才用英语问的问题重复了一遍。"我的法语说得不好。"我用自嘲的口气说。

她没有评价我的法语,而是直接回答了我的问题。或者说她并没有回答我的问题,因为她说她也不知道自己写的是什么。

"是虚构还是非虚构呢?"我继续问。

她还是用紧张的目光看着我。她迟疑了一阵才低声说:"当然是虚构。"

我不知道为什么面对如此简单的问题,她会有那么明显的迟疑。"你已经写了很多了。"我盯着她的笔记本说,"都快写完一本了。"

她的情绪突然松弛了下来。她一边用手掌抚摸着笔记本,一边用充满成就感的语气说:"这已经是第五本了。"

"第五本?!"我吃惊地指着她的笔记本问,"都这么厚?"

"是啊。"她说,"不过只有这一本是在皇家山上写的。"

我没有想到她已经有那么多的积累。"它已经可以变成一本书了。"我好奇地问,"你将来会想出版它吗?"

"我不是为了出版而写的。"她用非常肯定的语气说。

"那是为了什么?"我好奇地问。

她又迟疑了一下之后,将脸转过去,面对着窗外。"为了看见,"她说,"为了看见一个人。"

"什么人?"我忍不住急切地问。

"一个我用其他的任何方式都不可能看见的人。"她说。

我觉得这样的激情太不可思议了。"我从来没有听说过有人为了这样的目的而写作。"我说,"我也从来没有听说过有人会像你这样在严寒的旷野里写作。"

她又用手掌抚摸了一下放在膝盖上的笔记本。

"你怎么能够在严寒的旷野里坐那么久,还那么专注?"我好奇地问。

她微笑着看着我,目光中充满了自信。

"你不觉得冷吗?"我好奇地问。

"不觉得。"她说。

"为什么会这样?"我好奇地问。

"我也不知道。"她说着,又将脸转过去,面对着窗外。可是,她突然又转过头来,用略带惊喜的语气说:"也许是因为我写的故事更冷吧。"

这出其不意的回答如同一道闪电击中了我。我的好奇心更加强烈了。我对她和她正在写的故事又产生了更多的问题,比如她还有没有其他的语言?比如她是因为什么而坐上轮椅的?比如她正在写作的是不是她的第一部作品?比如它是一部什么风格的作品?……可是,我注意到她已经不想继续交谈了。她又翻开了笔记本,做出了要继续写作的姿态。

我很不情愿地站了起来。但是,我还想利用最后的机会满足一下自己强烈的好奇心。"你的法语真好听。"我说。

"谢谢。"她说。

"你写作的语言也是法语吗?"我好奇地问。

"当然,"她很肯定地说,"法语是我的母语。"

这又是我没有想到的回答。我没有想到法语不是她掌握得很好的外语,而是她的"母语"。"这是怎么回事呢?"我好奇地问,"我一直以为你是中国人或者日本人。"

我更没有想到这关于身份的问题会让神秘的东方女子又变得紧张起来,就像最开始一样。"对不起,"她用紧张得发硬的声音说,"我是很注重隐私的人。"说完,她又将脸转过去,面对着窗外。

她的拒绝和紧张不仅让我感觉到强烈的内疚,也让我感觉深受羞辱。我的脸也立刻又涨得通红,就像最开始一样。我责备自己不应该有那么强烈的好奇心,我责备自己不应该问那么多的问题,但是同时,我又觉得自己不应该因为这完全不带恶意的好奇而受到责备和羞辱。"对不起!"我也用很生硬的声音说着,从电动轮椅旁走开。

我没有想到在想象中那么美好的交谈竟会以比实际的天气还要恶劣的方式结束。我情绪激动地回到鞋柜旁。在换鞋的时候,我故意背对着服务站的内部:我不想再看到她,也不敢再看到她。我因为自己无意中惊扰了她而感觉内疚,我因为自己被她断然拒绝而感觉受辱。而在这两种强烈的感觉之外,更为强烈的恐惧也出现在我的心中:我恐惧她会因为受到了惊扰而愤然离去,离开服务站,离开皇家山,离开我的视野,离开我的生活,甚至离开我的想象……我很清楚,强烈的好奇已经将我与这个神秘的东方女子连在一起了。我不愿意自己的愚蠢导致她的消失。很快换好鞋后,我朝服务站靠近我这一边的出口走去。我很想知道她是不是已经愤然离去,却又不敢回过头去确认。我很运气:在准备走出服务站的时候,我无意中在门边的窗户玻璃上看到了她的身影。她还是在埋头写作,她并没有愤然离去。这让我如释重负。

不过,如释重负并不足以让我将注意力集中到溜冰场上。我没有去体会冰刀与冰面的接触,也没有去欣赏高音喇叭里的音乐。我的脑海里翻腾着的是我们刚才的对话。"也许是因为我写的故事更冷吧。"天啊,这是多么奇特又多么质朴的解释啊! 可是,有什么故事会比蒙特利尔的严寒更冷呢?我想象不出来。我真的想象不出来。刚才如果不是因为她自己提到了"母语",我是不会顺其自然地触及她的"隐私"的。可是还有谁会将自己是中国人还是日本人之类的问题当成是"隐私"呢?我想象不出来。我真的想象不出来。在十五年的移民生活中,我有过很多次询问看似同胞的对方是不是中国人的经历。我也经常会听到对方义正辞严地回答说:"不是。我是香港人。""不是。我是台湾人。"这种回答会让我马上就失去对回答者的敬意。而神秘的东方女子关于自己身份的奇特反应却进一步激起了我的好奇心。我突然想,她的这种反应其实与希拉里对"中国"的反应有点类似,它们都应该与中国有非常特殊的关系。这两个同时出现在我生活中的女人散发出不同的能量,却都因中国而有异常的表现,这不能不激起我这个已经远离中国的中国人强烈的好奇。

过了很长的时间,我才突然听到我进入溜冰场之后不久就应该已经开始播放的D大调小提琴协奏曲。第三乐章已经开始了,这是我最偏爱的乐章。激情的旋律迅速将我带离了幻觉,带回了"现在"。我对阳光、微风和寒冷都有了清晰的感觉。我对冰刀与冰面的撞击也有了清晰的感觉。我又伴着音乐的节奏夸张地摆动起了双臂。"不要被拒绝吓倒!"我一边加速,一边鼓励自己,"要向贝多芬学习,要有勇气去扼住命运的喉咙!"恐惧感果然被这些励志的口号击溃,随之被击溃的还有内疚感和羞辱感。我开始想象我们的下一次交谈。我当然会吸取刚才的教训,避开她的"隐私"。为什么要去纠缠细节?!我用责备的口气告诫自己,不管她是"中国人"还是"日本人",只要能够抓得住我的好奇心,她就是值得我去接近的人!我相信我们很容易就会找到共同感兴趣的话题。我相信我们刚才的交谈已经为我们的下一次交谈奠定了坚实的基础。

我带着高昂的情绪走出溜冰场,回到服务站。神秘的东方女子已经离开了。这没有出乎我的意料。我也想马上离开。我想马上回家。刚才在溜最后一圈的时候,我突然对她最突出的"表象"产生了强烈的好奇。我想马上回家去上网查找有关截瘫的信息。我妻子患病期间,我也经常在网上查找有关胰腺癌的信息。那种查找不仅占据了我大量的时间,让我没有空闲去放纵自己的痛苦和绝望,也让我知道还有无数的患者和家属也在进行那注定要失败的抗争,知道我妻子并不孤立,我自己也并不孤立。

我一路跑着下山。风越来越大了。雪暴也已经越来越近。飞舞的雪花缠绕着我的身体。在鲜花店的门口,我看到鲜花店的老板将一大束鲜花交给了一对站在一辆灵车旁边的中年男女。我下意识地放慢了脚步。在我从灵车旁走过的时候,我听到鲜花店的老板用法语说"他是一个可爱的孩子"。我忍不住回头看了一眼那对中年男女。他们刚刚失去了他们的孩子?!一阵深深的难过刺痛了我的心。我抓紧了我女儿的冰鞋,好像我马上也会经历那一对中年男女同样的命运。然后,我又跑了起来,一直跑回到了家里。我连脱去外套的时间都不想浪费,直接冲到了书桌跟前,将电脑打开。

我已经知道网上信息的数量能够多到什么程度,质量能够差到什么程度。我知道要耐心地跳过无数通俗到空洞无物的哭诉和学术到不知所云的教条,我才有可能梳理出能够满足自己强烈好奇的实质内容。我首先查找的是汉语的网站。接着,我又查找了英语的网站。最后,我又去了法语的网站。法语是那个神秘东方女子的母语。我需要更多来自法语网站的信息。我相信这些信息会有利于我们今后的交谈。经过这些查找,我总结出截瘫大概有四种发病的原因:一是外伤所致的截瘫;一是结核所致的截瘫;一是肿瘤(多见于椎体血管瘤和椎体巨细胞瘤)所致的截瘫;一是肿瘤(如子宫颈癌、乳腺癌、前列腺癌、肺癌、甲状腺癌等)转移所致的截瘫。我也知道截瘫的康复只能依靠长期的运动和理疗,在医学上并没有特效(如药物或者手术)的办法。但是,这些知识与我强烈的好奇又有什么关系呢?

三种语言的查找花去了我一整天的时间。我最后连洗澡的力气都没有了,直接倒在了床上。但是,我又根本睡不着。开始的时候,我胀痛的大脑在不停地为神秘的东方女子选择截瘫的原因。我不希望她的截瘫是肿瘤或者肿瘤转移所致,也不希望她的截瘫与结核有什么关系。只有外伤是我愿意接受的原因。接着,我又开始设想造成外伤的各种情境:车祸、家暴、运动中发生的事故……最后,我的大脑除了胀痛和扯痛之外,再也没有其他的感觉了。我嘲笑自己还没有弄清楚截瘫的机理却已经出现了脑瘫的症状。

  我不知道最后是怎么睡着的。但是,我知道自己睡得一点都不好,因为我的梦一个接着一个,几乎没有间断。在其中的一个梦里,我看到自己拄着拐杖,佝着身体,踩着板结的雪,摇摇晃晃地朝海狸湖边走去。我没有想到自己会活到那样的地步。我更没有想到神秘的东方女子还会坐在那里,坐在电动轮椅上,跟我当年遇见她的时候完全一样。我走到她的身旁。她显然已经意识到我站在了她的身旁,虽然她并没有抬起头来。"你为什么要走近我?"她激动地问。"我不知道你在这里。"我说。"我是说那一天。"她说。我剧烈地咳嗽了几声之后,指着她右手上仍然紧握着的笔说:"因为它。"神秘的东方女子将右手举到空中。"没有人会因为一支笔走近一个女人。"她说。"我从来没有看见过有人坐在严寒的旷野中写作。"我说。她转过脸来看着我。我大吃一惊:她的脸居然还像我当年遇见她的时候那样年轻。"更何况是一个坐在轮椅上的人,更何况是一个坐在轮椅上的女人,更何况是一个坐在轮椅上的东方女人。"我情绪激动地说。说完,我将脸扭向了一侧。她为什么一点都没有变化?我为什么已经面目全非?时间对我们的不同影响让我羞愧又绝望。

而那个最后将我惊醒的梦是一场真正的噩梦:一辆银灰色的奔驰车行驶在一条沿海的公路上。车上坐着祖孙三代三个女人。开车的是母亲。坐在前排的是女儿。女儿的外婆坐在后排。突然,外婆和母亲为着什么事情争吵了起来。我听不清楚她们用的是什么语言,但是我肯定那是女儿不熟悉的语言,因为她没有任何反应。突然,前方出现了一个很急的弯道。一辆大货车拐了过来。奔驰车猛地撞了上去……惊醒之后,我沮丧地望着夜色中的天花板,后悔自己惊醒得太早。如果梦能够再延长一点,我马上就会知道车祸的结果。我真的很想知道车祸的结果。

第二天早上醒来的时候已经有点晚了,而且我右侧头顶仍然有明显的痛感,加上考虑到雪暴之后上山的路肯定不太好走,我决定"轮空"一天。但是,我马上就意识到上面这些理由其实都是我想躲避神秘的东方女子的借口。昨天下山前那高昂的情绪到哪里去了?从贝多芬那里获得的勇气到哪里去了?对下一次交谈强烈的憧憬到哪里去了?整个上午我都在嘲笑自己的懦弱。除此之外,我什么也不想做。在准备午餐的时候,我对自己的不满达到了极点。突然,我冲动地关掉炉子,背上我自己和我女儿的冰鞋出门了。上山的路果然没有我想象的那么难走。头部的疼痛也早已经感觉不到。但是,中午的皇家山却没有带给我任何兴奋。我完全感觉不到清早的纯净和神秘。服务站和溜冰场上都有许多的人,却没有任何人能够吸引我注意和引起我的兴趣。我只溜了不到十分钟就下山了。

回家吃过午餐之后,我又想起晚上将我惊醒的那个噩梦。我不知道怎么会有那样奇怪的梦进入我的大脑。它会不会与神秘的东方女子有什么关系?我真的希望她的截瘫是因为车祸或者运动造成的。我不希望她与任何的疾病有联系。接着,我又忍不住打开电脑,开始在网上查找关于截瘫的信息。我一口气读了五篇非常"励志"的文章。其中关于罗斯福总统的那一篇最让我兴奋,也给了我最多的启示。我相信神秘的东方女子也熟悉那些坐在轮椅上影响过世界的人们的事迹。我不知道她自己的坚定意志在多大程度上受到过那些事迹的鼓励。

那些"励志"的文章给我带来了很好的心情和很好的睡眠。第二天上山的路上,我的心情非常平静。我对是不是会遇见神秘的东方女子没有任何不安。我对是不是会同时遇见希拉里也没有任何担心。有点出乎我意料的是,服务站里空无一人,海狸湖边和溜冰场上也空无一人。我走到自己的那一排鞋柜前,背对着服务站的内部坐下。当正在系右脚冰鞋的时候,我听到一种奇特的声音在接近我。我马上就意识到了,那是电动轮椅移动的声音。它一直移到了我的身后。"你不会在意我的那种态度吧?!"神秘的东方女子说。

我回过头去,看着她,不知道应该怎么回应。

"我其实一点都不反感你的好奇心。"她说。

她的话顿时清除了两天来一直在我的头脑中或隐或现的羞辱感,给了我一种很深的安慰。

"它很纯净。"她说,"就像皇家山的清晨一样。"

我用感激的目光看着她,却还是不知道应该怎么回应。

"你是我见到过的最特别的中国人。"她说。

她的这句话让我有点吃惊。"你怎么知道我是中国人?"我问。

她笑了笑,低声说:"我当然知道。"

我不敢再多问她为什么"当然"知道。

她显然看出了我的疑惑,但是却并不想为我排疑解惑。她马上转移了话题。"我以后会有些问题想问你。"她说。

"与我的隐私有关吗?"我故意这么问。

她会意地笑了笑,将电动轮椅转了一个方向,开动起来。但是她马上又停下,回过头来用很严肃的目光看着我,问:"你去过圆明园吗?"

这出其不意的问题让我的心猛烈地抽搐了一下。我不知道神秘的东方女子为什么会突然问一个如此特别的问题。我有很多的理由相信这问题触犯了我的"隐私"。但是,我不想让我们的交谈再一次夭折于"隐私"。"我当然去过。"我模仿着她的语气说。

她没有再问下一个问题。她将电动轮椅开出了服务站的主入口,然后沿着雪地上唯一的通道,朝着海狸湖边开去。

直到我们最后分手的时刻,神秘的东方女子才从我手里的那份报纸上撕下一角,在上面写下了她的名字以及它的英文拼法。那距离我第一次看到她已经将近七十天了。然后,她指着那两个汉字,要我告诉她用普通话怎么发它们的音。"密和。"我第一次也是最后一次大声读出了她的名字。她马上学着发了一遍。她发得很准确,也很动听。然后,她指着那个"密"字,用在我听来意味深长的声音说:"这就是密云水库的那个'密'字。"这是她留在那个冬天里的最后的声音。这也是她留在我的生命中的最后的声音。

我

就这样,希拉里和密和同时进入了我的生活。她们散发出不同的能量,就像是一对难以调和的矛盾。而她们又都与皇家山纯净寒冷的清晨那么协调,那么和谐。她们将皇家山变成了"我"的皇家山,或者说变成了"我们"的皇家山。更不可思议的是,从与她们最初的谈话开始,我就已经察觉到她们都与我的祖国有着非常奇特的联系。这种联系更加深了我对这两个深不可测的生命之谜强烈的好奇。这是我在蒙特利尔度过的最奇特的冬天。在这最奇特的冬天里,我们几乎每天都在皇家山上相遇。这是偶然的相遇还是必然的相遇?这么多年过去了,我一直在想,这是偶然的相遇还是必然的相遇?

在这最奇特的冬天到来之前的那大半年时间里,我的生活中发生了两起重大的灾难:一是我妻子的离去,一是我女儿的离开。这两起灾难将我的精神状况推到了崩溃的边缘。进入秋天,我的孤独感突然变得那样强烈。我的内心一片灰暗。我的眼前一片灰暗。

我对蒙特利尔斑斓的色彩完全失去了感觉。我感觉自己就像是一颗被抛落在时间的潮汐里的沙粒：世界对我已经没有需求，我对世界也已经没有需求。在冬天将至的时候，这强烈的孤独感开始转化成为身体内部此起彼伏的疼痛。不管是在焦躁不安的深夜，还是在昏昏沉沉的白天，我都经常会遭受那种疼痛的攻击。它令我疲惫。它令我绝望。它彻底改变了我对时间，尤其是对"未来"的态度：我不仅不再憧憬，也不再焦虑。我只想离开这里，甚至离开这个世界。"未来"对我已经没有任何意义。生活对我已经没有任何意义。正是在这个时候，希拉里和密和同时进入了我的生活。

这个冬天到来之前，我已经在蒙特利尔生活了十五年。注意，这里的"生活"其实是错误的措词，因为这十五年的时间里，我可以说根本就没有自己的生活。像许多中国家长一样，我妻子也说我们移民的目的是为了孩子或者说是为了让孩子能够在良好的社会和自然环境中成长、发展。而触发她移民之心的也正是中国的教育问题。那还是在二十世纪九十年代初期的一年春节，她参加完同学聚会后很晚才回到家里。从她进门的一刻起，我就意识到她肯定在外面受了什么刺激：她的每一个动作都显示她顾虑重重，她的每一个眼神都表明她忧心忡忡。上床之后，她直挺挺地平躺着，双眼紧闭，双手合在胸前，如同一具僵尸。我想将脸贴到她的脸上，她却猛地将脸侧向了一边。我想将手伸进她的睡裤，她却嫌恶地抓住它，将它扔到我的身上。"我很想。"我轻轻地说。"我现在什么都不想。"她稍稍停顿了一下,用很生硬的口气说,"我现在只想移民。"这是我妻子第一次向我提出移民的事。我感觉非常震惊。我撑起身体,看着她,问:"你为什么突然会有这种想法?"她没有睁开眼睛,也没有回答问题。等了一阵之后,我又重复了一遍刚才的问题。"因为中国的教育彻底没救了。"我妻子说。她好像充满了怨恨。她仍然没有睁开眼睛。

我出生在一个教育之家,从小就对中国的教育有直接的体会和强烈的批判,对中国教育的改革也有许多的想法,甚至有不少非常激进的想法。这特殊的背景肯定也是我后来积极参与那一起关于教育的系列报道的原因。我当然认同我妻子和无数中国家长对中国教育的焦虑。但是,我并不认为问题严重到了一定要移民的程度。也许是因为我妻子提出的时间不对吧:在她只想移民或者说只想"出去"的夜晚,我想的是亲热,想的是"进去"。总之在移民的问题上,我们一开始是完全处于对立的立场的。我的不认同让我得到了"不负责任"的帽子。这是我们关系中的一个关键事件。尽管后来我对移民的态度发生了戏剧性的变化,尽管在移民之后,我从来没有抱怨过我们的选择,而她自己却经常抱怨,但"不负责任"却成了我永远无法摘掉的帽子:我女儿放弃溜冰了,是因为我的"不负责任";我女儿小提琴的学习没有坚持下去,是因为我的"不负责任"；我女儿进大学的时候选择的是她自己喜欢的专业，而不是我们希望她学的专业，也是因为我的"不负责任"。

我一开始对移民不仅没有兴趣，还充满了恐惧。理由主要有两个：一是我在大学里学的是新闻。我们这些新闻专业的学生都知道"新闻事业是党的喉舌"这句话。如此的定位当然意味着我的所学不可能与国际接轨。每次向我妻子强调这一点，她都会指责我是"不负责任"的父亲。"难道你就不可以为了自己的女儿去餐馆洗碗吗？！"她有一次甚至这样说。但是更多的时候，她会说，"我从来就没有指望过你会去工作"，或者"我从来就没有指望过靠你来养活我们"。我相信这是她的真心话。她是特别要强又非常理智的人。她一定是确信自己能够找到工作，才敢迈出新的一步。我的另一个理由是我的英语水平不高，不利于将来的生活。而我妻子并没有觉得这是什么问题。她说她是主申请人，我英语水平的高低首先对我们的申请不会有任何的影响。"而且你还可以马上就开始强化训练啊。"她接着说。

在我们正式递交了申请之后，我妻子逼着我报名参加了一个移民英语强化班。我一贯对那种功利的强化训练不以为然。不过，这一次我却有一个意外的收获：负责强化班阅读课的是一位非常特别的老师。他身体干瘦，表情严肃，说起话来慢条斯理。但是，他对英语和阅读却充满了激情。他在第一节课上就提醒我们说要想真正掌握一种语言,就必须了解这种语言的文化背景。而要了解一种语言的文化背景,最好的办法就是多读用这种语言写出的文学作品。他的这种说法正好投合了我的胃口,因为我从小就对文学怀有特殊的感情,也非常看重文学与语言的天然联系。他接着向我们推荐了《动物农庄》,希望我们能够每天坚持读上一页。他说这样坚持下去,三个半月强化班的学习期间就正好可以将它读完,我们的阅读水平就会出现质的飞跃。他还用一种奇怪的方式向我们说明文化背景的重要:他说如果一个中国人不知道鲁迅是谁、茅盾是谁、沈从文是谁,肯定会被周围的人耻笑甚至鄙弃。而对我们这些将来都要去国外生活的人,如果我们不知道居住国的鲁迅是谁、茅盾是谁、沈从文是谁,我们也肯定不可能赢得当地人的尊重。在参加强化班之前,我从来没有想到过要去读英语小说,也从来没有想到过我能够读完一本英语小说。《动物农庄》成了我读完的第一部英语小说。我不知道是否完全读懂了它,但是我感到了强烈的震撼。那是我从来没有在任何一部中国小说和任何一部西方小说的汉语译本中感受过的震撼。用英语阅读是我参加强化班的意外收获。它不仅极大地减轻了我对移民生活的顾虑,也成为了我克服孤独的重要手段。

我们是在我女儿七岁那年在蒙特利尔登陆的。之所以选择在蒙特利尔,是因为我妻子的一位远房亲戚一家已经在那里定居多年。这真是非常荒唐的理由,因为我妻子只见过那位远房亲戚一次,而且是在将近二十年之前,在她上初中的时候。而我直到我妻子决定将蒙特利尔作为居住地的时候,才知道她有那样一位远房亲戚的存在。当时所有人都建议我们去温哥华或者多伦多,因为它们完全是说英语的城市,华人也比较多,也没有"独立"的诉求。但是,我妻子力排众议,选择了蒙特利尔。我猜想她从走出机场的那一刻起就后悔了,因为她的那位远房亲戚在机场接到我们后说的第一句话就让我们感到了加拿大的寒冷。"在国内住得好好的,移民干什么呢?!"他很严肃地说,听上去就好像是在责备。我妻子的脸顿时就红了。她肯定没有想到等待在新世界门口的是一句如此泄气的话。她用毫无信心的声音回应说:"不是为了孩子吗?!"这样一句几乎只是敷衍应付的话又引起了她那位远房亲戚一阵不以为然的耻笑。"只怕是害了孩子。"他接着说,"这里的教育真是一塌糊涂。英语课上从来不教语法。历史课上除了魁北克历史,就是加拿大历史,会让我们这些从有五千年历史文明古国来的人笑掉牙齿。"我看了我妻子一眼。她的表情显得很尴尬。"还有数学,程度起码比中国低了三个年级。"那位远房亲戚继续说,"你们很快就会后悔的。"

随后的那个星期,我们就住在那位远房亲戚的家里。白天,他坚持要陪我们去办理各种手续或者熟悉环境。晚上,他坚持要我们陪他一起坐在电视机前看"非诚勿扰"或者"玫瑰之约"。我们告诉他,我们其实可以自己去办理那些手续(其实我们是更愿意自己去办理);我们也告诉他,我们在国内都已经很少看电视了,对于那些庸俗的征婚节目也从来就没有兴趣;我们还告诉他,我们有强烈的时差反应,需要用更多的时间休息。而他好像没有听出我们的意思,白天还是坚持要陪我们办理各种手续和熟悉环境,晚上还是要我们陪他看国内的电视节目。同时,他还是不停地抱怨,抱怨蒙特利尔的天气,抱怨蒙特利尔的饮食,抱怨蒙特利尔的医疗,抱怨蒙特利尔的交通甚至抱怨蒙特利尔的人种。他说现在走到街上看到的都是黑人和阿拉伯人,给人一种很不安全的感觉。在蒙特利尔的最初那一个星期,我们可以说就是在那位远房亲戚的抱怨声中度过的。那不断的抱怨让我们这一家本来就忐忑不安的新移民变得更加忐忑不安了。我相信我妻子的确是"很快"就后悔了。但她并不是像她的远房亲戚预言的那样后悔了移民,而是后悔自己移民到了蒙特利尔或者说移民到了那位远房亲戚的身边。所以她没有像原来一直打算的那样,在那位远房亲戚家的附近找一套公寓租住,而是选择住在了城市的另一侧,与那位远房亲戚家差不多成对角线的位置。而且她一次次地谢绝了那位远房亲戚请我们过去吃饭的邀请,也从来没有邀请过他和他的家人过来吃饭。我们渐渐疏远了……开始每年还见一两面,大概五六年之后,就差不多完全没有来往了。我最后甚至都没有告诉他们我妻子离去的消息。

我们移民的申请刚获得批准,我妻子就已经在开始积极寻找工作的机会。在登陆之前,她已经寄出过近二十份申请。而在我们搬进租住的公寓之后,她更是全力以赴。她是一个特别好强又永远都没有安全感的人,到了一个陌生的世界,内心肯定会充满焦虑。而从进入蒙特利尔的那一刻开始就已经听到的那些抱怨当然就更加重了她的危机感。看到她起早贪黑地找信息写申请,看到她情绪波动地查邮件等消息,我心里非常难受。有一天,我忍不住劝她要注意休息,不要过于焦虑。可是她不但没有表现出任何的感激,还冷冷地回应说她不可能像我那样"不负责任"。我从此就不敢再多说什么了。

按照我妻子的安排,我们一起注册了政府资助的法语课程。我们的主要目的当然不是为了学习法语,而是为了获得政府发放的助学金。但是,那份微薄的助学金得来并不轻松。因为我们变成了两个全日制的学生:不仅每天都要上课,在课堂上要学的内容很多,而且在课后还要做大量的作业。同时,我们还要照顾家里的另一个全日制学生的学习和生活,而我妻子还在心急如焚地寻找工作……每天我们都会有疲于奔命和疲惫不堪的感觉。好在我们的女儿非常喜欢新的环境,每天都快乐无比,而且法语很快就能够应付自如了。这对我们当然是至深的安慰。

法语课程的第一期还没有结束,我妻子就得到了那份在儿童医院实验室里做化验员的工作。我很清楚地记得她曾经对生物学博士在实验室做化验员这件事持什么态度。那是在我们结婚不久后的一天中午，她接到她导师的电话，得知她博士阶段的一位同学在美国的一家著名实验室里找到了一份化验员的工作。那是她学生时代唯一欣赏过的同学。我知道那天听到的如果是她的那位同学获得诺贝尔奖的消息，我妻子肯定一点都不会吃惊，可她听到的是她放弃自己的研究当了一名化验员的消息。我妻子首先是非常震惊。接着，她的脸上出现了不屑的表情。"我没有想到她会这样，"她对着话筒说，"真没有出息。"我相信我妻子不会忘记那个遥远的中午和那种不屑的表情。但是，收到那份化验员工作合同的当天，她显得特别高兴。那是她从来没有过的高兴。她专门带着我们去了唐人街的一家餐馆。那是我们第一次在蒙特利尔进餐馆。在吃饭的过程中，我妻子不仅特别关注我们的女儿，也特别照顾我，显得与我们非常亲又非常近。但是，我不仅感觉不到任何的温暖，反而感觉到冷，一种莫名其妙的冷，一种深不可测的冷……我的脸上始终带着笑容，我的话语里始终带着喜悦。我两次夸奖她的菜点得好。我三次夸奖我们的女儿吃得好。但是，我感觉到了一种特别的冷，那是蒙特利尔的冬天不可能让我感觉到的冷。

学完全部五期法语课程之后，我的生活节奏又出现了一次彻底的改变。我每天的大部分时间都呆在家里，照顾女儿和妻子的生活成了我的主要任务。白天独自在家的时候,我偶尔会感到孤独。于是,我决定重读一遍《动物农庄》。重读是一种非常奇特的体验。我从一开始就发现自己读到了许多上次没有读到的内容,有时候甚至感觉自己读到的是一本以前没有读过的作品。我知道这种奇特的发现和感受与自己语言能力的增强和生活世界的改变并没有太大的关系。它见证的是重读本身的魔力。我突然也明白了我们住处附近那家独立书店的墙上写着的一位法国作家的名言。他说,要了解一个人,不要看他读什么,而要看他重读什么。这种说法揭示了重读更深的魔力:重读不仅能够帮助我们认识文本,还能够帮助我们认识他人,认识自己。

　　白天是我感觉最愉快的时候,因为我能够控制自己生活的节奏,也不会受到别人情绪的影响。而等我女儿走下校车的一刹那,我就没有自己的生活了。我妻子对我女儿走下校车之后的生活有非常具体的安排,那不仅是我女儿必须遵守的安排,也是我自己必须遵守的安排。督促我女儿走完她母亲为她画好的流程图在我并没有什么困难,也没有引起我的反感。事实上,我每天都会盼着她回来。她的快乐和进步对我是很大的安慰。而我妻子的情况正好相反。我发现她与刚在实验室上班的那段时间大不一样了。她回家的时候总是显得非常疲惫。这当然没有什么。重要的是,她还总是显得不很高兴,有时候甚至是很不高兴。这让我对她的回来充满了恐惧。我猜想她是已经厌倦与她的能力完全不相配的工作了或者她是与同事和领导发生了很大的冲突。但是,我不敢问。她是那么好强的人,哪怕我问她发生了什么,她也根本就不会告诉我事情的"真相"。

那一天,我妻子回来的时候又是很不高兴。我让她先吃完饭再去检查我们女儿的作业。她说她根本就没有胃口,根本就不想吃饭。我将冬瓜排骨汤端到她的跟前,她看了一眼之后,象征性地喝了两口。然后,她很马虎地检查了一下我们女儿的法语和数学作业,并且很马虎地用英语给她读了一篇童话。然后,她走进我们的睡房里,并且用力将门关上。看着她这一系列情绪化的动作,我非常紧张。而收拾好厨房,回到睡房门口的时候,我从门下的缝隙发现里面没有开灯,这让我更加紧张。我犹豫了一下,推开睡房的门。借着淡淡的月光,我看到我妻子已经躺在床上,面朝着外侧。我担心她已经睡着,所以动作非常小心,想尽量不要发出声音。很快冲完凉出来之后,我摸黑找到内衣和内裤穿上,小心翼翼地在床上躺下。我完全没有想到,刚一躺下就会听到我妻子的声音。"你打算怎么办啊?"她用很清晰的声音问。

我不是太清楚她的意思。"什么怎么办?"我问。

"你总不能整天都这样在家里耗着吧。"她说。

"你不是说——"我说。

"我现在很希望你能去工作。"她打断我说。

"我怎么可能找到工作?!"我说,"你说过不会指望我的。"

"你现在的专业当然没有指望。"她说,"但是你可以重新去读一个文凭,换一个专业。"

"我还能去读什么呢?"我说。

"你知道我那个同事的丈夫在国内是研究先秦文学的博士,"她说,"现在他已经成了电脑工程师。"

我见过我妻子的那个中国同事。那是我妻子最不待见的同事,她在进实验室工作的第二天就与她发生过不小的冲突。"你不是说她很俗气吗?"我故意提醒说。

"可是她有一个令人羡慕的丈夫,一个负责任的丈夫。"她说。

她的话让我很不舒服。但是,我提醒自己不要回应。我不想再这样交谈下去。

这时候,我感觉我妻子转身侧向了我。"你也去学一个电脑文凭吧。"她说,"你这么聪明,肯定没有问题。"

"你知道我对电脑没有一点兴趣。"我说。

"那你对什么有兴趣?"她问。

"我不知道。"我说,"我不知道。"

"这就是你的问题。"她说,"你对什么都没有兴趣。"

我不想与她争辩。我不想再这样交谈下去。

我妻子也沉默了很久。在我以为她不会再开口的时候,她突然又开了口。"你总不能每天都闷在家里读那本关于动物的书吧。"她说。

她这么说我一点都不觉得奇怪。她从来就反对我读小说。每次看到我在读小说,她就会提醒我不要读"毫无用处的书"。我已经习惯了她的这种态度。我也一点都不奇怪她这位生物学博士不知道《动物农庄》并不是一本关于动物的书。但是,她为什么会突然"指望"起我来?我觉得这很奇怪。我觉得这与她最近一段时间的情绪有很大的关系。我转过身来,面对着刚才还在羞辱我的女人,问:"你为什么突然会想要我去找工作呢?"

她稍稍犹豫了一下,说:"因为我自己不想工作了。"

我没有想到这个如此好强的女人会说出这样的话。这对我完全是晴天霹雳。我的脑海中浮现出了收到合同的那天她带我们去唐人街吃饭的情形。那种莫名其妙又深不可测的冷又一次浸透了我的全身。过了很久,我才鼓足勇气,用充满困惑的声音问:"为什么?"

我没有想到我妻子会回答得那么迅速和那么肯定。"因为那根本就不是我应该接受的工作。"她很激动地说。

我打了一个猛烈的寒颤。我不知道应该怎么去安慰她。我更不知道应该怎么来安慰我自己。我颤颤巍巍地将我的右手放到她的腰部。她的身体轻轻抖动了一下。接着,她用她左手的食指顶住了我的下巴。这是出其不意的动作。这是她从来没有做过的动作。它让我感到了我从来没有从她那里感到过的温情。我的眼眶湿了。我抓住她的手,将它贴到了我的嘴唇上。就在这时候,我妻子提出了一个我以前绝对不敢相信她会提出来的建议。

我至今也不敢相信她会提出那样的建议,因为她从来就不喜欢我那位创立了两家上市公司的弟弟,也从来就瞧不起那些不是靠智力而是靠体力惨淡经营的小店主。但是,她突然提出了那个建议,她建议我去向我弟弟借钱,建议我们用借到的钱去买下我们住处附近的那家便利店。

很久之后我才知道,是与领导和同事关系的恶化导致我妻子对被人雇用的工作彻底失去了信心。具体的情况我至今也不清楚。我妻子只是说,她的领导"种族歧视",她的同事"嫉贤妒能"。至于他们是如何地"种族歧视"和怎样地"嫉贤妒能",她却从来都没有提过。在买下了那家便利店一个星期之后,我妻子就辞去了那根本就不是她应该接受的工作。我们随后十三年一成不变的生活就这样开始了。如果不是因为那一次常规体检的异常结果,那样的生活现在肯定还在继续。

我们的便利店每天早上七点准时开门,晚上十一点准时关门,前五年全年的营业时间为三百六十五天,后面那些年改为三百六十三天(圣诞节和元旦各停业一天)。进货的任务当然由我来包揽。站店的责任则由我和我妻子来分担(在特别忙的时候,我们也会请一两个朋友过来帮忙)。我们的生活进入了超级稳定又极为单调的循环状态：明天就是今天,今天就是昨天……每天都要疲于奔命,每天又都是重蹈覆辙。当然,也许在任何地方的生活都是奔劳和重复,也许生活的本质就是奔劳和重复。但如果是在国内,如果我仍然是有影响的报纸的编辑,如果她仍然是著名研究所里的业务骨干,我们奔劳和重复的方式当然会大不相同,我们奔劳和重复的意义也会大不相同。我们至少还会有时间坐下来感叹生活的无聊。在这里,我们连感叹的时间都没有。只是每年四月,要向联邦和地方政府报税的时候,我们才会猛然意识到时间的飞逝和生活的无聊。

这就是我的移民生活。如果我那天在电话里将这种"个人的经验"呈现给我那位中学同学的太太,不管她将加拿大视为火坑还是冰窟,她都肯定马上就会失去知觉。移民是残忍的选择。哪怕他们是"有钱人",哪怕他们不必为生计去辛苦,不必为生活而奔劳,只要他们选择了移民,他们就必须面对移民带来的那些最本质的问题：比如寂寞,比如屈辱,比如单调和重复,比如进退两难,比如无所适从……那是金钱解决不了的问题,那也是感情解决不了的问题。

密 和 /

希拉里是"健康的病人",而密和是神秘与单纯的结合体,这两个奇特的生命之谜用她们的矛盾激活了我几乎已经被日常生活窒息的好奇,对生命的好奇。这强烈的好奇不仅又让我对"未来"产生了憧憬和焦虑,也让我对"现在"产生了从没有过的充实和饱满的感觉。而更神奇的是,它甚至让我对"过去"也产生了全新的认识。时间像玫瑰一样绽放,我的生命第一次变成了一个整体,就如同一部结构精致的文学作品。气温越来越低了,蒙特利尔正在走向严冬的深处,而我却一点都感觉不到外部的寒冷。强烈的好奇让我一点都感觉不到外部的寒冷。我不知道其他人会不会像我一样看到希拉里和密和生命中的矛盾。我不知道她们自己会不会看到她们生命中的矛盾。但是,我看到了。在经历了那么多年平庸的移民生活之后,在"对什么都没有兴趣"之后,我为什么还会"看到"? 我为什么还能"看到"? 直到今天,这些问题都还在困扰着我。不,我看到的不仅仅是她们生命中的矛盾,我看到的是她们全部的生命,是她们的全部。我看到了！我看到了！不，我看到的不仅仅是她们，我还看到了我自己，那是我从来没有看到过的自己……这三颗微不足道的沙粒！它们用整个的冬天在皇家山上画出了三条不断交叉的轨迹，就如同一首奏鸣曲的三个乐章。这首奏鸣曲是我个体生命中最奇特的记忆，也肯定是隐藏在皇家山的静谧和寒冷中的最奇特的记忆。这么多年过去了，这首奏鸣曲中的每一个音符对我依然充满了启示和意义。

那最奇特的记忆经常将我带回到困惑重重的少年时代，带回到我舅舅的身边。我是一个在小县城的普通家庭里长大的孩子。我父母是小县城里唯一那所中学的数学老师。我从小到大都住在那所中学简陋的校园里。而我舅舅是我们省里出名的诗人。他不仅常住在总是让我感觉眼花缭乱的重庆，还经常到全国各地参观和开会，阅历丰富，交游广杂。有六年，每到暑假，我舅舅都会将我接到他那里去住一段时间。有三次，他是与我舅妈一起坐着长途汽车来接我的。有两次他是自己坐火车来接我的。而最后一次，他是开着一辆三轮摩托来接我的。与他一起来的是一个我从来没有见过的女人。那是在希拉里和密和之前唯一的一个激起过我强烈好奇的女人。

听到摩托车熄火的声音，我立刻站了起来，准备像平常那样冲出去一头扑到舅舅的身上。但是刚冲到门口，我就猛然停了下来：

我看到了一个我从来没有见过的女人。她穿着一条紫色底上起白色碎花的裙子。她已经从摩托车上下来,正背对着我这边,弯腰从摩托车斗里取出行李。我的心怦怦直跳。我的脸涨得通红。我靠在门边,不敢再往前移动脚步。

那是一九七四年的夏天。那时候,在我们的小县城里,穿素色裙子的女人都很难看见,更不要说穿紫色底上起白色碎花裙子的女人。想到这罕见的女人是我们家的客人,我又兴奋又不安。而当她转过身来之后,我就更加兴奋和更加不安了。她完全不像我身边的任何女人,也完全不像我见到过的任何女人,她那么优雅,那么漂亮……我听见了我舅舅的声音,他要我快去帮忙搬行李,不要再愣在那里。我一脚轻一脚重地走向他们,就好像是在走近一幅画或者一个梦。

午饭之后,我母亲让那个女人躺在我和弟弟共用的床上休息,而让我们趴在餐桌上午睡。她很快就睡着了,我却怎么也睡不着。一是因为我弟弟显得比我还激动,他在不停地用他的脚尖踢我的脚尖。而更主要地,还是因为她熟睡的身体离我那么近:我甚至能够很清楚地听到她的呼吸声,那像晨曦一样纯净的呼吸声……接着,我听到了我舅舅与我母亲在里屋的交谈。我听到我舅舅说她是一个"很有才华又非常不幸"的女人。她刚刚在上海一家报纸上发表的散文是她的才华最好的证明,而她的不幸从她还没有出生的时候就已经开始:她的父亲是国民党军队里的师长,也是出名的抗日英雄。他在她出生前三个月战死于淮海战役中的徐州。土改前夕,她母亲将她交托给一位远亲,带着她的两个哥哥逃到香港去了。她是在那位远亲家长大的。那位远亲的丈夫是一个连自己的名字都不会写的铁路工人。他在单位上是通情达理又任劳任怨的劳动模范,在家里却是丧尽天良的酒鬼和暴君。每次喝醉之后,一家人都要受他的欺凌。后来,她自己的婚姻也很不幸。她的丈夫是他们工厂领导的儿子,也是她自己的同事。他一直暗恋着小时候的一个邻居,对她没有一点感情。他们的婚姻是在吵闹和打斗中度过的。在他们的孩子三岁那年因伤寒死去之后,他们的婚姻也随之夭亡。

那好像是我一生中第一次听到的关于一个女人的故事。我觉得我完全听懂了那个故事,因为在故事还没有结束的时候,我就已经感觉她"非常不幸"了。我无法理解一个那么优雅的女人为什么一直都在遭受着生活的虐待。我也无法理解一个一直都在遭受着生活的虐待的女人为什么还能那么优雅。我觉得我母亲也在虐待她。那也是她第一次见到她,而她对她的态度却有点像是对待自己长年不和的邻居。在我舅舅讲完她的故事之后,我母亲对她也没有丝毫的同情。"这样的女人最危险。"她冷冷地总结说。"哪样的女人?"我舅舅问。"很有才华又非常不幸的女人。"我母亲肯定地说。

我一点都没有感觉到她的危险。在去重庆的路上,我坐在摩托车的边斗里,她坐在我舅舅的身后。她小心地用身体压住了她的裙子。但是,裙子靠近我这一侧的下摆还是不时被风吹起,碰到我的身体。那是我少年时代最惬意的一次旅行。所有的细节都让我的身心感觉非常舒服。我真是无法理解我母亲的结论。这样的女人怎么会有危险呢?会有什么危险呢?看着她坐在我舅舅的身后,双手扶着我舅舅的肩膀,脸上露出我从来没有在任何女人脸上看到过的迷人的笑容,我突然有一种极为幸福的感觉。我甚至也觉得她不再是一个"非常不幸"的女人了。我能够从我自己的幸福感中体会到她的幸福。这样的女人怎么会有危险呢?会有什么危险呢?

我对写作的敬意与少年时代在舅舅家度过的最后那个暑假有直接的联系。那个暑假,我突然对一些以前没特别注意过的事情产生了特别的感触。比如舅舅家总是有络绎不绝的客人。除了当地的作家、编辑和普通文学爱好者之外,有的客人还来自全省各地,甚至全国各地。他们的体型参差不齐,他们的口音千奇百怪,而他们谈论的却都是与文学和形势有关的话题。那些话题总是让我感觉世界很大很大,生活很大很大,总是让我浮想联翩、心旷神怡。听着他们的谈论,我又激动又羞愧。我羞愧自己来自一个那么小的县城,来自一个那么平庸的家庭。那个平庸的家庭一年到头都没有什么客人。而那几个永远不变的客人不仅有同样的体型,操同样的口音,谈论的也是同样的话题,永远不变的话题,永远平庸的话题。那些话题让我觉得世界和生活都很渺小，都很无聊。

让我对写作产生敬意的最关键的因素其实还不是那些飘在空中的谈论，而是一份印在报纸上的文本，一份我可以用手指触摸到的实实在在的文本。很奇怪，我舅舅经常拿着发表了他的作品的样报给我看，我却从来就没有什么特别的感觉。可是那一天，他从他正读着的那本鲁迅散文集里取出一份剪报递给我，说上面的那篇文章很值得读。那就是那个"很有才华又非常不幸"的女人不久前在一家上海的报纸上发表的那篇散文。那是我第一次看到她的名字。那是我第一次看到她的文字。我还没有读起来，就已经有很特别的感觉了。那是一种非常惬意的感觉，就像她裙子的下摆轻轻地扑打着我的身体引起的感觉一样。我突然对被印刷出来的名字和被印刷出来的文字充满了敬意，我突然对写作本身充满了敬意。在随后的那些日子里，我一遍一遍地读着那篇散文，从不太懂读到有点懂又读到不太懂又读到有点懂……那种非常惬意的感觉始终荡漾在我的身体里。那种非常惬意的感觉至今还荡漾在我的身体里。

那个"很有才华又非常不幸"的女人是我舅舅家最特别的常客。她差不多每隔一天就会过来一次。她的每一次到来都让我特别兴奋。而自从读过她的那篇作品之后，看着她的感觉就变得更加神奇了：有时候我会觉得她特别真实，因为她就是那篇散文的作者，她就站在我的跟前；有时候我又会觉得她很不真实，因为我可以一遍一遍地阅读她的文字,我甚至可以用手指触摸到她的名字,而她本人却像是一个深不可测的谜,我不知道她怎么会有危险,会有什么危险。她总是坐在书房最角落的那张椅子上,手里总是握着一个笔记本。有其他客人在场的时候,她很少说话。只有我舅舅在的时候,她会向他提一些关于写作的问题。我舅舅的任何回答对她都好像很有分量。她看我舅舅的那种眼神我一辈子也不会忘记。那是崇敬的眼神,那是发自内心的崇敬。我从此再也没有在其他的女人那里看到过那种眼神了。那种眼神也让我觉得她不再是一个"非常不幸"的女人。我能够从我舅舅的幸福感中体会到她的幸福。这样的女人怎么会有危险呢?又会有什么危险呢?

那一年,我母亲提早了两天来重庆接我。我很不高兴她突然的提前出现。但是,她心事重重的样子让我不敢有任何的抱怨。在回家的长途汽车上,我母亲开始也一直都没有说话。我想让她高兴起来,告诉她这是我在舅舅家玩得最开心的一次。她显然并没有高兴起来,因为她什么也没有说。我接着又告诉她,我舅舅让我读了那篇证明那个女人"很有才华"的散文,我不是太懂,但是感觉写得很好。我母亲说我在给她的上一封信里已经提到过这件事了,从她说话的语气,我知道她还是没有高兴起来。我接着又告诉她,我现在也有点爱上写作了,每天写日记和每次给她写信都觉得很愉快。我母亲忧心忡忡地看了我一眼,说:"不要随便跟着别人学。"她好像比刚才更不高兴了。我非常沮丧,不想再说什么了。但是沉默了一阵之后,我还是忍不住问,那个女人到底有什么危险。我母亲又忧心忡忡地看了我一眼,说:"她会让你舅舅鬼迷心窍。她会让你舅妈精神崩溃。"我母亲说话的方式比她说出的危险更让我恐惧。我不敢再多说什么了。就是在这个时候,我母亲突然告诉我,以后她不会再让我去舅舅家过暑假了。这突然的告知让我感觉非常震惊,也非常委屈。"为什么?"我着急地问。我母亲看看我,用很肯定的语气说:"因为你已经不是孩子了。"

那天晚上,我从父母亲的低声交谈里知道了我母亲提前接我回来和以后不让我再去舅舅家过暑假的原因。是我给她的上一封信引起了她的焦虑。"这孩子已经在开始接受不良的影响了。"我母亲说。

"没有那么严重吧。"我父亲说。

"你看看他最后那封信就知道有多严重了。"我母亲说。接着,她叹了一口气,又说:"女人真不是什么好东西。"

"你自己不也是女人吗?!"我父亲说。

"所以我才知道女人不是什么好东西。"我母亲说。

一个坐在电动轮椅上的东方女子坐在严寒中的海狸湖边,这样的景象并不足以引起我强烈的好奇。密和之所以引起我强烈的好奇是因为她还在写作,在埋头写作,对严寒好像没有任何感觉。写作是我少年时代的激情，是由那个"很有才华又非常不幸"的女人引发的激情。"开始接受不良的影响"的那一年秋天，我瞒着所有人给发表那个女人那篇散文的报纸投过稿。收到退稿信之后一星期，我又投了第二次稿。收到第二封退稿信之后一星期，我又投了第三次稿。我没有收到第三封退稿信，也没有再投第四次稿。我对写作的激情被"三投不中"的羞辱扑灭了。但是，对写作和写作者的敬意却牢牢地留在了我的心里。是这种敬意让我对密和产生了强烈的好奇。

那个"很有才华又非常不幸"的女人也没有能够写下去。在我进高中那一年，她也像我舅妈一样精神崩溃了。我母亲将这个消息告诉我的时候也没有任何的同情。"我早就知道会是这样的。"她用有点得意的口气说，"按照从前的说法，这就叫'报应'。"而我舅舅从那以后再也没有写出过新的作品了，在我母亲看来，那当然也是"报应"。

我从来没有告诉过密和我自己对写作的敬意来自何处。但是，我经常觉得密和与那个"很有才华又非常不幸"的女人有许多的相似之处：她们都很单纯，又都充满了神秘感。她们又都热爱写作。当然，如果密和永远不出版她的作品，我就永远不可能知道她是否也"很有才华"。还有，因为密和很注意保护自己的隐私，我可能永远也不可能知道她是否也"非常不幸"。但是，我感觉她与那个"很有才华又非常不幸"的女人有某种共同的不幸。这是非常奇怪却又非常强烈的感觉。这是我在第一次与她交谈之后就有的感觉。我感觉密和也从来就没有见过自己的父亲。还有,与希拉里正好相反,在服务站里,密和总是坐在那个最容易被人忽视的角落。这与那个"很有才华又非常不幸"的女人也非常相像。她坐在我舅舅书房角落里那种安静的样子我可能永远都不会忘记。她与密和好像都有很深的羞涩,都不愿意被人注意。

因为总是穿着黑色的外套和棉裤,密和每天都围着的那条深红色的围巾会显得非常突出。第一次远远看着她坐在海狸湖边的时候,我首先看到的其实就是那条深红色的围巾。在第一次与她交谈的时候,我也一直都在注意那条围巾。当时,我有一种更奇怪的感觉:我感觉自己以前在哪里见过那条围巾。我还感觉它不仅仅是一条围巾,它还是一个生灵,一个好像在倾听我们交谈的生灵。

我和密和的第三次交谈也可以说是从这条深红色的围巾开始的。她开始将它放在腿上,与那张法语报纸放在一起。但是,她突然注意到了我正在盯着围巾两端绣着的那几个汉字。那是我第一次注意到围巾两端都绣着汉字,有点想将它们辨认出来。密和非常紧张。她抓起围巾,将它挂回到脖子上,并且小心地将两端的汉字隐藏到内侧。接着,她很尴尬地笑了笑。我也很尴尬地笑了笑。这一次,她没有责备我又在窥探她的隐私。这让我松了一口气。

接着,她将那张法语报纸递过来,指着上面那张示威的照片,问我最大的那条横幅上写的是什么。那是为报纸上那篇关于中国和日本领土纠纷的长篇报道所配的照片。根据报道,最近一段时间在中国南方的一些城市出现了反日示威游行。照片中那几位市民高举的是写着"保家卫国"四个大字的血书。

听完我的解释,密和的脸上出现了沮丧的表情。

"我知道很多中国人仍然仇视日本。"我说,"我相信也会有很多日本人仍然仇视中国。"

密和沮丧地看了我一眼,说:"仇视必然导致悲剧。"然后,她指着我们跟前的垃圾桶说:"还是将这仇视扔到垃圾桶里面去吧。"

我将报纸扔到垃圾桶里之后,又坐回到密和身边的那一排鞋柜上。她刚才说过她有一些关于北京的问题想问我。"我一点都不熟悉现在的北京。"我说,"我所熟悉的北京已经不存在了。"

"包括圆明园吗?"密和问。

我没有觉得特别意外,因为她上次已经问过我是否去过圆明园的问题。"是的,"我说,"我从电视上看到过,圆明园也已经不是我记忆中的样子。"

"它在你的记忆中是什么样子?"密和接着问。

我没有想到她还会继续追问我记忆中的圆明园是什么样子。我闭上了眼睛。我马上就回到了那个与我的乡愁密切相关的地方,非常激动。"那时候,它还不是公园,还没有围墙。"我说,"它还只是一片废墟,真正的废墟。"

"那正是我想看见的圆明园。"密和说。

我睁开眼睛。我激动地看着这激起了我强烈好奇的神秘的东方女子。我不知道她为什么会对圆明园有那么大的兴趣。我不知道她为什么会想"看见"那一片真正的废墟。难道她知道那是我在大学时代的避难所?难道她对我也产生了强烈的好奇,也想窥探我最深的隐私?

"你现在还能看见它吗?"密和问。

"非常清楚。就好像在我的眼前。"我说。

"我没有想到你对它这么熟悉。"密和说。

"我经常去那里。"我说。

"有多经常?"密和问。

"我不相信还有什么人比我去得更多。"我说,"它是我大学时代的避难所。"

密和紧紧地抓着她围巾的两端,用充满惊奇的目光看着我。"这太不可思议了。我怎么会遇见一个对圆明园这么熟悉的人?"密和问,"这是出于必然还是出于偶然?"

她的问题又深深地触动了我的记忆:这是出于必然还是出于偶然?这是已经尾随了我三十多年的问题。我不知道。我不可能知道。我不想自己又一次被这问题缠住。"你想知道什么?"我故意用平静的声音问。

密和还是用充满惊奇的目光看着我。"那是一个荒凉的地方吗?"她低声问。

"应该说是凄凉。"我说。

密和低声重复了一遍"凄凉"一词。

"那凄凉的景象正好与我孤僻的性格相合。"

"废墟的四周应该有一些农田。"

"还有一片一片的沼泽。"

"我现在好像真的看见了那些沼泽。"

"还有果树林。"

"什么果树?"

"我不太清楚。应该有桃树、杏树、苹果树。"

"我还能看见一片一片的灌木丛。"

"是啊。有些小路的两边都有灌木丛,骑车走在里面就像在走迷宫。"

"那些小路有多宽?"

我做了一个手势,告诉她那些小路大概就是一米多宽。

"那与我的想象差不多。"

"你的想象?"

"是啊,我有许多关于那一片废墟的想象。"

我刚想问她为什么会这样,又怕再次触碰到她的隐私,不敢问。

密和好像看出了我的尴尬。她叹了一口气,用伤感的语气说:"我很想知道在那里发生了什么。"

"一八六零年十月十八日到二十一日,英法联军——"

"不,不是这个。"

"那还有什么?一九零零年的八国联军?"

"这些都是教科书上的内容。"

那还有什么?我看着密和,突然想起了雨果的那封抗议信。我问她是否读过那封激情的抗议信。我想那也许是关于圆明园最著名的法语文献。"有一天,两个来自欧洲的强盗闯进了圆明园。一个强盗在洗劫,另一个强盗在纵火。"我大声朗读着说。

"我当然读过。"密和说,"那也是教科书上的内容。"

"还会有什么?"我着急地问。

密和看看我,用伤感的语气说:"比如一九七四年发生了什么?"

"一九七四年?"我很奇怪她会说出的年份。那是我看见了那个"很有才华又非常不幸"的女人的年份,也是我痴迷写作的年份。"我从来就没有听说过一九七四年与圆明园有什么关系。"我说。

密和突然将头仰起,靠在电动轮椅的后背顶上,并且闭上了眼睛。"而且是一九七四年的冬天。"她低声说,就像是在自言自语。

"一九七四年的冬天?"我好奇地问,"为什么是冬天?"

"因为冬天是播种的季节。"密和说,"我最喜欢的季节就是冬天。"

为什么冬天是播种的季节?这违背常识的说法让我好奇又不安。我不敢问她为什么,我怕又会不小心触到她的隐私。"一九七四年的冬天真的没有发生过什么特别的事情。"我说。

"一定发生过。"密和还是低声说,"我知道一定发生过。"

密和的话将我带进了更深的疑惑之中:你怎么知道?我怎么不知道?我听到一个很严厉的声音在我心里责问。那一片废墟是我在北京最熟悉的地方,而密和却只能通过想象去"看见",她的知道与我的不知道都让我无法接受。一九七四年的冬天那里到底发生过什么?这是新的疑惑。与希拉里一样,密和也不断带给我新的疑惑。也就是在这时候,我开始注意到这两个生命之谜之间存在着一个奇特的悖论:强烈的好奇让我不断接近她们,而越接近她们,我对她们的疑惑就越深就越多。

我感到我与密和的这第三次交谈已经不可能再进行下去了。我还很担心希拉里会突然出现。我一直很担心我们三个人的面对。那至少会让我感觉非常尴尬。我站起来准备与密和道别。同时,我从背包里取出两天前在一个旧书摊上买到的那本书,问她是不是读过。那是一位旅居伦敦的华裔女性作家写的畅销书。密和说她知道那本书,但是没有读过。我将书递给她。我告诉她,我读过那本书的英语原版,这法语译本是特意为她买的。"它写的是三代中国女性的故事。"我说,"你也许会感兴趣。"

密和接过书之后,端详了一阵它的封面。然后,她看着我,用严肃的口气说:"其实我更想了解的是中国男人。"

这出其不意的表白!我感觉到自己的脸已经涨红得无所适从了。这是什么意思?我努力让自己镇静下来。"你想了解他们什么呢?"我故作镇静地问。

"比如一个中国男人为什么会爱上一个日本女人。"她很严肃地说。

这又是什么意思?我更加不知所措了。她这是在谈论她面对的现实,还是在谈论她从前的想象?我没有勇气再这样交谈下去了。我背好背包,准备走开。没有想到,就在这个时候,密和会突然再逼我一步,将我逼到更加尴尬的境地。她指着希拉里平时坐的那个位置,用毫不犹豫的语气问:"她是谁?"

原来她已经注意到了希拉里!或者应该说,她已经注意到了我与希拉里的关系。我感觉非常尴尬。我想了一下应该怎么回答才不会让密和不满意和不高兴。"一个朋友,"我说,"就像你一样。"

密和显然不满意也不高兴我的后半句回答。"像我一样?!"她用挖苦的语气说。

我意识到我们的交谈进入了非常敏感的地带。我提醒自己要尽量少说,必须说的时候也要小心措词,要避免意想不到的误会和伤害。

密和好像一时也找不到话题。她沉默了一阵之后才突然问:"你觉得她漂亮吗?"

这又是一个陷阱。我提醒自己。如果我回答说我觉得,她可能会不高兴,而如果我回答说我不觉得,她肯定会认为我是在撒谎,会更不高兴。我还是没有回应。

"她的皮肤那么好,而且好得那么天然。"她说,"不像我。"

我继续提醒自己这还是一个陷阱。如果我同意她的说法,她肯定会不高兴,而如果我告诉密和,我其实更喜欢她黝黑的皮肤,她可能会认为我是在撒谎,会更不高兴。我提醒自己还是不要回应。

密和又看了一眼希拉里平时坐的那个位置。"我那天看到你们坐在那里。"她说,"靠得那么近。"

我知道她这是在故意让我知道她的知道。或者说,她这是故意要让我感觉尴尬。我努力让自己保持冷静。"她在给我讲解莎士比亚的十四行诗。"我冷静地解释说。

我的解释显然出乎她的意料。"莎士比亚?"她说。

"是啊,"我说,"她是莎士比亚专家。"刚说完,我就意识到自己又犯了一个错误。我相信密和一定会有强烈的反应。

密和果然有强烈的反应。"所以我们不一样。"她说,"她是专家,我什么都不懂。"

我暗暗地责备自己又说了蠢话。这时候,我想起了希拉里关于她"只读莎士比亚"的说法。我想也许可以从这个角度来弥补一下自己的过失。"那其实也是她的缺陷。"我说,"她说她只读莎士比亚。"

我的话好像是印证了密和的什么想法。她有点兴奋地看着我,问:"你觉得她健康吗?"

我不敢暴露我对希拉里的真实感觉。"她溜完冰还去滑雪,应该很健康。"我说。

"但是我觉得她是一个病人。"密和说,"我第一次看到她就有这种感觉。"

她的感觉(也许应该说她与我的同感)将我的尿都吓了出来。这太不可思议了!她怎么也会有这种感觉?我不敢暴露自己的同感。我只是用充满诧异的目光看着她,同时我紧紧地夹住了自己的双腿,不希望出现更为尴尬的场面。

"她一定受过伤。"密和说,"心理上的伤。"

"所有人都受过心理上的伤。"我说。

"但是她伤得很重。"密和说,"我能感觉得到。"

希拉里那一天对"中国"的反应又浮现在我的脑海中。那种反应与她的受伤会不会有什么联系?

"而且我能感觉得到那肯定是致命的伤。"密和接着说。

我相信密和还不可能感觉到那致命的伤会与"中国"有什么联系。我不想再这样交谈下去了。这是密和第一次与我谈起希拉里。这也可以说是我们这三颗微不足道的沙粒的第一次"面对"。从这一天开始,我意识到我们的轨迹已经在互相交叉和影响。我非常清楚,这复杂的交叉和影响将会让严寒中的皇家山更加忧郁,将会让整个冬天更加忧郁。

我 /

  孤僻的性格和浓烈的乡愁决定了我与圆明园废墟的特殊关系。现在想起来,在北京求学的那六年可以算是我的第一次移民经历。在那一段时间里,我经常会遭受乡愁的袭击,也经常会有异化和漂泊的感觉。圆明园废墟是我最重要的避难所。第一次无意中从它旁边经过,我就清楚地感觉到了它对我的呼唤和我对它的依赖。我现在想,或许每一个孤独的生命都拥有一片能够与它对话的废墟。而我在最需要的时候发现了属于我自己的那一片废墟。我很幸运。

  与那一片废墟的特殊关系是我的隐私。在密和之前,我没有向任何人提起过那种特殊的关系。是的,我经常去那里。我不相信还有什么人比我去得更多。用夸张的方式说,我熟悉那里的每一条小路,每一块石头,每一个秘密……但是,我为什么不知道一九七四年的冬天发生了什么?我特别喜欢那里的冬天,因为冬天的所有细节带给我的都是非常强烈又非常真实的感觉,或者说"非常废墟"的感觉。我每次总是先要走到远一点的地方,去发现一处"新"的遗址。但是最后,我总是会回到西洋楼大水法的遗址,在我最钟情的那块石头上坐下。那块带花饰和有弧度的石头原来应该是一个拱顶的一部分。它当然已经没有昔日的虚荣了,但是我总是感觉它仍然保持着一种甚至能让时间敬畏的尊严。我经常只是茫然地面对着四周的凄凉,什么都不想。但是有时候,一些古怪的想法会突然出现在我的头脑中,比如我会想遭受英法联军的洗劫和烧毁可能就是圆明园必然的命运。或者说只有经过那样的劫难,圆明园才变成了真实的圆明园。这样的想法当然马上就会让我感觉非常难受。历史上有太多的"真实"是建立在"破坏"的基础之上的。这是历史本身的悲剧。想到这里,我自然又会想起那个"很有才华又非常不幸"的女人。她就是经历了无数的破坏之后才真实地出现在我的眼前的。为什么会这样?为什么要这样?我能够从她神秘的沉默中体会到那些破坏的残酷。我也能够从她最后的崩溃体会到那些破坏的残酷。听到她精神崩溃的那天夜里,我悄悄地躲在被窝里哭了。我不仅为她的结局伤心,也为我母亲的说法难过。我母亲的那种说法也是一种破坏啊,甚至是更残酷的破坏啊。那是我一生中第一次感觉到语言的恐怖。其实不管我母亲怎么说,她都不可能改变那个女人在我生命中的位置。她是第一个令我感动的女人。她是第一个令我好奇的女人。她是第一个令我心酸的女人。她还是第一个令我迷上了那种特殊的香味的女人……她工作的地方是重庆最大的生产糖果和饼干的国营工厂。在刮西南风的日子里,在我舅舅的家里就可以闻到从工厂方向飘来的那种特殊的香味。每次我痴痴地站在书房的窗前,贪婪地吸入那种香味的时候,我舅舅也都会凑过来,深深地吸入一口。"这种香味总是激起我写作的冲动。"他深情地说。我知道他正在想念那个"很有才华又非常不幸"的女人,就像我一样。在她精神崩溃之后,我舅舅再也没有写作的冲动了,尽管我相信在刮西南风的日子里,那种香味还是照常从那家工厂的方向飘过来。

在读完本科之后,我又接着读完了一个两年的硕士课程。那六年的时间里,我无数次坐在西洋楼大水法遗址的那块石头上,倾听深深的孤独和浓浓的乡愁。那无疑是我在北京度过的最惬意的时光。我对那些时光有许多的记忆。而最清晰的记忆当然是我的倾听曾经被打断过两次。一次是在一九八三年深秋的一个黄昏。当时,我的脑海里又浮现出了我舅舅开着摩托车接我去重庆的路上的场面。走了有一多半路程的时候,我们曾经停下来在路边的一户农家吃了一顿便饭。我们吃饭的时候,农家的女主人一直坐在正门边的那张椅子上,用很羡慕的目光看着我们。"你们真是幸福的一家。"她一共这么称赞了四次。第一次这么称赞的时候,那个"很有才华又非常不幸"的女人对我做了一个鬼脸。那夸张的表情让我第一次强烈地感觉到了"家"的温馨。

正当我重新陶醉在那温馨感觉之中的时候,有人在我的肩膀上碰了一下。我惊愕地回过头去,看到了一个穿得很朴素、长得也很清秀的女孩。"你能帮我照一张相吗?"她问。我接过她递过来的相机。她让我就站在原地,她自己则敏捷地踩踏着乱石,走到了残存的拱门边。她指挥我为她拍了用左手抚摸着拱门、用左肩和用后背倚靠着拱门的三张照片。然后,她又敏捷地踩踏着乱石,回到我的跟前。"对不起,我刚才打断了你的沉思。"她说。

我不好意思地笑了笑,将相机递给她。"我只是想起了少年时代的一件小事。"我说。尽管我知道那不是一件小事,因为从那个瞬间之后,我再也没有那么强烈地感受到过"家"的温馨了。

女孩将相机装进皮套,再放回到背包里。然后,她抬起头来看着我,说:"你肯定经常到这里来。"

她的肯定让我非常好奇。"你怎么知道?"我急切地问。

女孩抿了抿嘴(这后来成了她给我留下最深印象的动作),说:"刚才走近你的时候,我感觉你就像是这废墟的一部分。"

我有点不敢相信一个刚刚走近我的女孩会对我有如此奇特的感觉。我看了看她,又看了看四周,我觉得自己和那整个的世界都非常融洽。

女孩看了看手表。我以为她马上会要离开了,没有想到她却坐了下来,坐到了我刚才坐的石头上。她用手拍着石头,示意我也坐下。"我是第一次到这里来。"她说。

我在她身边坐下。"因为一个特别的日子?"我问。

女孩笑了笑,没有回答我的问题。

"看得出来,你对废墟很有感觉。"我接着说。

"在来的路上,我一直在想象。"女孩说。

"跟你的想象一致吗?"我说。

"差不多完全一致。"女孩说,"我甚至想到了你。"

"我?"我吃惊地问,不太相信她说的话。

"其实不是你,"女孩说,"是一个模模糊糊的影子。"

我侧过脸看着她。我觉得她的这种说法很有意思。

女孩没有侧过脸来,而是仰起头,望着灰暗的天空。"我想象会在这里遇见一个我必然要遇见的人。"她说,特别突出了"必然"两个字。

我激动地看着眼前这个好像是从天而降的女孩。灰暗的暮色已经让她的面容显得不是那么清晰了,甚至她的声音都会显得有点含混,但是她却给了我纯净无比的感觉。不是她的外表,是她整个的生命。这感觉告诉我,生活对她是多么地宠爱:她肯定没有遭受过任何破坏。她肯定不可能遭受破坏。她永远都是最初,永远都是自己,永远都是完整的生命……这感觉也告诉我,这个与我分享着黄昏和废墟的女孩肯定来自非常特殊的世界。我马上就想到了那个"很有才华又非常不幸"的女人。生活对她的态度却完全相反：在有机会显露才华之前，她已经遭受了所有的破坏。

我们一直交谈着……她告诉我，她是美术学院油画系三年级的学生。她告诉我，对她影响最大的是纯净无比的夏加尔。她告诉我，她的想法总是与众不同，所以家里人给她带上了"造反派"的帽子。当她的同学们都向往着将来在纽约或者巴黎那样的大城市生活的时候，她向往的却是能够在偏僻的乡村过桃花源式的生活：种自己喜欢吃的菜，读自己喜欢读的书，画自己喜欢画的画。她告诉我，与图像相比，她更着迷的是文字，阅读能激发她最大的热情。她尤其喜欢读那些读起来很费解的作品，比如博尔赫斯的小说和莎士比亚的十四行诗。

我们准备离开的时候，天色已经完全暗了下来。我曾经有两次独自在废墟里过夜的经历，也经常在深夜里进出废墟，废墟的黑暗从来没有引起过我的恐惧。但是那一天，看着越来越暗的天色，我却越来越恐惧。我知道那恐惧来自她带给我的那种纯净无比的美感以及我的责任感。我必须为那纯净无比负责。我害怕她会遭受黑暗的伤害。而她本人却始终都非常放松，思绪和表达都完全没有受到天色的影响。直到我第三次提醒时候不早了，她才站了起来。她的自行车停放在废墟的另一侧，我推着我的车陪她绕了过去。然后,我在前面带路,她紧跟在我的后面。从她说话的语气,我知道她非常放松,对黑暗没有丝毫恐惧。"在想象中,我遇见的那个人也骑着车在前方为我引路。"她大声说。她的放松也稍稍减缓了我的恐惧。"我熟悉这里的每一条小路。"我有点得意地说。

随后的两天时间过得特别慢。我每天都会激动地回忆起我们充满诗意的交谈。我每天也都会对着她在我们分手的时候留在我笔记本上的通讯地址发呆。第三天的下午,写完"中国新闻史"课上的第一篇论文草稿,我马上骑车朝圆明园废墟奔去。我没有去做新的发现,而是直接就骑到了西洋楼大水法遗址跟前。我走近我最熟悉的那块石头。我蹲下去,将脸贴到石头冰凉的表面,并且用双手抱住它,激动地抚摸起来。那已经不再是原来那块我最熟悉的石头了。那已经是我们一起坐过的石头了。那已经是被我们的语言和记忆缠绕着的石头了……我从书包里拿出信纸,趴在石头上,激动地写下了给她的第一封信。我告诉她,在过去的三天里,我一直在思考她在分手的时候问我的那个问题。我告诉她,我的想法与分手的时候已经不同了,我现在相信我们的相遇是出于必然,而不是出于偶然。

我很快就收到了她的回信。她告诉我,她也相信我们的相遇是出于必然,不仅因为其中的许多细节与她的想象完全一致,还因为我们的交谈非常流畅。她说她看得出,我能够而且愿意接受她那些与众不同的想法。她建议我们用通信的方式继续我们的交谈。她接着谈到了她刚刚读完的皮兰德娄的剧本集。她希望我们在每一封信里都谈论一本自己读过和正在读的书。

在随后的两个月时间里,我们平均两天就会收到对方的一封信。这种通信从一开始就让我感到了很大的压力,因为她的知识面比我广得多,她的理解力也比我深得多。她的信里面充满了深刻的思想和精彩的表述。每次读完我都会感受到强烈的冲击和震撼。而我写给她的信里面只有肤浅的观点和平庸的语句。每次在将信投进邮筒的一刹那,我都充满了羞愧和自卑。她不仅从来没有嘲笑过我的肤浅和平庸,还经常很认真地对我的观点和语句作出回应。这丝毫不能减轻我的羞愧和自卑,因为我们之间的差距实在过于明显。在大的方面,如果将我们的信摆在一起,一个普通的读者很快就能看出来,她拥有自由甚至是绝对自由的精神,而我却受着各种因素和成见的制约甚至奴役。在小的方面,我们的差距也是随处可见。一个最让我感觉羞愧和自卑的差距是我在信里面谈论的书她都读过,而她在信里面谈论的书我都没有读过。一些更小的事例也深深地触动了我的自卑感。比如她在一封信里谈到了莎士比亚十四行诗里的"黑女士"。她说她花了很长一段时间去想象诗人的那位神秘的情人,最后终于画出了一张"黑女士"的肖像。但是,她随信寄过来的"黑女士"肖像的照片却让我觉得非常滑稽。"为什么它好像是自画像呢?"我在接下去的信里面问了这样一个愚蠢的问题。而她对我的问题只有一句令我费解又震惊的回应:"我相信蒙娜·丽莎就是达·芬奇的自画像。"

我强烈的自卑感还有另一个来源,那就是她神秘的出身。在那个充满诗意的黄昏,我就已经清楚地意识到了她来自特殊的世界。但是,她在书信和言谈里却从来没有涉及过她的出身。随着交流的不断加深,我越来越清楚这个问题对我们关系的重要,而她刻意的回避也让我越来越在意,越来越不安。我没有想到这个问题最后会通过《推销员之死》获得解决。这让我至今也觉得不可思议。那天中午,我们一起从她学校附近往美术馆方向走。在从首都剧场门前经过的时候,她突然问我是否听说过一部叫《推销员之死》的戏剧。我的回答让她大吃一惊:我说春天的时候我看过它在首都剧场的首场演出,而且我得到的那张退票的位置很好,在十二排的正中。我说我甚至看到了坐在前面几排的亚瑟·米勒本人。她用极为震惊的表情看着我,说了一句我无法马上明白的话。"这么说那天在圆明园废墟,我们并不是第一次见面。"她说。这是什么意思?"我也看过它的首场演出。"她接着解释说,"而且我就坐在亚瑟·米勒身后的那一排。"我还能说什么呢?!我们还能说什么呢?!这是出于必然还是出于偶然呢?!……这就是说我在那一天就应该已经看到了她的背影。这就是说,我也是首先看到了她的背影,就像她首先看到的是我的背影一样。这太不可思议了。我们都这样赞叹。接着,我们谈起了那部关于家庭和父子关系的戏剧。我说我的家庭与《推销员之死》中的家庭非常相似。我说我不喜欢虚荣心很强的父母。我说我不喜欢家庭内部的竞争。她看了我一眼,说她的家庭与《推销员之死》中的家庭没有任何相似之处。但是,她也不喜欢她的家庭,她喜欢的是那种充满精神乐趣又不受社会影响的小家庭。我没有想到她会突然这么坦率地谈到自己的家庭。我更没有想到她会接着说,她其实早应该告诉我她家庭的情况。她接着说出了她爷爷和奶奶的名字。她的语气极为平静,我也早有充分的心理准备,但是,我却仍然感觉如同遭受了剧烈的电击。她说出了她爷爷和奶奶的名字。那是全中国人民都应该知道的名字。

　　三天之后,我给她写了最后一封信。就像我的第一封信一样,那也是一封没有谈论书的信。我在信里面感谢她带给我的一切。我说她改变了我对世界的许多看法。我说阅读将成为我终身的伴侣。我没有谈及我强烈的自卑感。但是,我又谈到了《推销员之死》。我说那部戏剧让我看到了笼罩在自卑感中的生活的灾难。我的信最后又回到了她关于必然和偶然的问题。我说相遇的必然与分离的必然并不冲突。相反,它可能恰恰预示了分离的必然。我明确地告诉她,她读到的是我的最后一封信。但是,她并没有将那当成是我的最后一封信。她的回信与她过去两个月给我的其他那些信件没有什么两样。她主要还是在谈论作品。她谈到的作品是纳博科夫的《普宁》。不过，在信的最后她邀请我在星期三的黄昏再去我们"第一次"见面的废墟，她说想与我谈一件很重要的事情。我没有赴约，也没有给她回信。过了一个星期，她的下一封信又到了。她在信里面谈到了她对《局外人》最后两章的看法。这也是一封很正常的信。唯一的特别之处也许就是她完全没有责备我的失约。我还是没有回信。又过了一个星期，我收到了她寄来的一本《莎士比亚十四行诗选译》。书里面没有夹她的任何文字。我知道那就是她给我的最后一封信。我知道那就是我们两个人的读书会解散的标志。

而第二次的打断发生在一九八五年的夏天，就是我第三次决定在废墟里过夜的那天晚上。我在十点三十分左右从大马路上拐入通往废墟的小路。我还是选择在西洋楼大水法遗址西面那片灌木丛里的那块空地上将自制的睡袋铺开。那是我前两次过夜的地方。我钻进睡袋之后，突然想起我外婆教我做酒糟的时候俯身查看糯米是否已经蒸熟的样子。深深的孤独和浓浓的乡愁同时涌上我的心头。我感觉天上的星星都变得模糊了，而且在轻轻地晃动。这时候，我突然听见有人在低声说话。我开始以为那是我的幻觉。但是仔细一听，它就来自灌木丛的另一侧。那是一对男女不和谐的对话。"你不要犹犹豫豫。"男的说,"这样会感冒的。""有了怎么办?"女的问。"不会有的。"男的说。"我好怕。"女的说。"不要怕。"男的说。"有了你可就完了。"女的说。"不会有的。"男的说。接着是女人一声短促的尖叫。"你慢一点。"她接着不耐烦地说。"真受不了你这样。"男的说。"你不怕吗?"女的问。"你放松一点。"男的说。"有了你可就完了。"女的说。我很紧张地跟踪着他们的对话。我当然马上就知道他们正在做什么了。但是,我不知道女的为什么说"有了你可就完了"。为什么不是"有了我可就完了"或者"有了我们可就完了"?他们之间到底是什么关系?我至今也没有想明白这些问题。而在那个晚上,这些问题放大了我的孤独和乡愁。我不知道一个男人和一个女人怎么可以那样不和谐地进入最亲密的时刻。我想起那个女孩在关于《局外人》的那封信里说过我们生活在一个越来越虚假的世界里,我们每个人都是局外人。我想最深的孤独其实就是因为抓不住真实而产生的孤独,而最浓的乡愁就是对"真实"这最神圣的故乡的乡愁。想到这里,我迅速坐了起来,匆匆忙忙地折叠好睡袋。我刚才听到那一对男女已经离开了。我突然感觉非常恐惧。我也决定离开。我不愿意最深的孤独和最浓的乡愁在废墟的黑暗里折磨得我彻夜难眠。我并不知道那是我的最后一次离开。我拼命地骑着车,好像是想摆脱掉虚假的追赶,也好像是想追赶上神圣的"真实"。

我的孤僻在很大程度上是与生俱来的,可是它与我父母对孩子的偏爱也肯定有深刻的联系。我弟弟比我小五岁。我在他出生前就没有得到过我父母特别的疼爱。而自从他出生那一天起,我更是可以清楚地感觉到他们对他的偏爱。他们总是说他"什么都好",说我"什么都不好"。他们会当着我的面说出这种评价,也会当着客人的面说出这种评价。我第一次听到这种评价还是在小学三年级的时候。那一天,他们去参加我的家长座谈会。听到班主任老师批评我上课不能集中注意力,我的父母马上就起了劲。我父亲对老师的批评赞不绝口,并且希望她能发现我"更多的问题",而我母亲将我与刚进幼儿园的弟弟作比较,感叹相同父母生的孩子不知道怎么会有"天壤之别"。我当时真是觉得无地自容。后来,他们经常重复这种经典的评价,我慢慢也就习惯了。说起来,我父母也的确是很有眼光,因为我完全没有继承他们的数学才能,而我弟弟差不多可以说是一个数学天才。他们的偏爱很多年之后得到了精确的回报。在高中文理分科的时候,我当然只能选择文科。而我知道,家里出了一个不得不学文科的孩子让我父母丢尽了面子。甚至在我已经远走他乡之后,他们对此还耿耿于怀。

离开中国之前,我一直在广州一家有全国性影响的报社工作。我在那里工作了整整十年。我是在硕士毕业前两个月看到报社的招聘广告的。当时,我的同学们都想留在北京,也都劝我留在北京。

他们不可能知道我对留在北京毫无兴趣的心理根源。是强烈的自卑感让我只想离开,只想尽快离开。我马上就向报社递交了求职的申请,我很快就收到了报社的录用通知。论文答辩之前两天,我就收拾好了行李,也办好了离校的手续。答辩后的第二天清早,我就离开了北京。我先回四川老家陪父母住了两个星期,然后就去广州报到上班了。最初的大半年时间里,我在报社的身份并不明确:我先是被安排在广告部帮忙,后来又被安排到总编室打杂。一直到第二年的初夏,我才正式成为"社会生活"版的编辑。

在广州的十年时间可以说是我的第二次移民经历。开始一段时间,我对那里的气候、语言和饮食都很不习惯。在从重庆到广州的火车上,睡我对面下铺的那位退休老师曾经劝告我说,要想在广州呆下去,"唯一的办法"就是像他当年做的那样,找一个当地人结婚。他称那种做法为"借土生根"。但是直到正式成为"社会生活"版的编辑之后不久,我才遇上可"借"之"土"。那一天,我去一家生物研究所采访。采访进行到一半的时候,那位普通话带很重口音的所长突然意识到我是他的四川老乡。他马上就问起了我的个人情况。当得知我还没有女朋友的时候,他兴奋得差不多跳了起来。他说他们研究所有一个很朴实又很上进的女博士很适合我。她是广州当地人,个人条件好得"没有必要多说"。而她的父亲是造船厂的工程师,母亲是地税局的审计员,家庭条件也非常不错。"只是她可能会比要你大一点。"所长说,"你不会介意吧。"他将我的迟疑当成了我的默认。他马上拿起了电话,拨了一个分机号码。在等待对方接听的时候,他问我采访还需要多长的时间。我说大概四十分钟吧。四十分钟后,将要与我共同生活二十三年的女人来到了我的面前。

她不漂亮,也不热情。她没有激起我任何的好奇。这就是我们的起点。她一直到临终的时刻也没有激起过我任何的好奇。这平淡的起点其实也就是我们的终点。她在所长的敦促下与我交换了名片。她又在所长的要求下将我送到了研究所的门口。在随后的三个星期里,我给她打过三次电话。我们短暂的交谈也没有激起我任何的好奇。我以为事情就这样结束了。没有想到又过了一个星期,她主动给我打来了电话。与前三次通话的内容不同,这一次,她问到了我的生活,比如能不能适应广州的潮湿,是不是喜欢广州的饮食……新的话题将我们带到了新的起点。第二天,我给她电话,问她周末有没有时间,我想邀她去越秀公园。我没有想到她会答应得那样爽快。那是我们的第一次约会。我对它没有任何期待,所以自始至终一点都不紧张。我们先谈论了一下改革的阻力,接着谈论了一下猛涨的物价,又谈论了一下不断恶化的生态环境……突然,她问我以前是否交过女朋友。我毫不迟疑地说没有。她好像很高兴我的回答。她说她也从来没有交过男朋友。她说她一直都怀疑自己有"毛病",因为她对异性从来就没有太大的兴趣。在大学的最后一年,班上的女生除了她之外都急着找男朋友,而她却一点都不着急。她说现在其实还是这样,如果不是因为父母整天都在唠叨,她也还是一点都不会着急。

在接下来的四个月时间里,她的"没有太大的兴趣"让我对我们的关系越来越没有兴趣。她不许我在散步的时候拉她的手。她更不许我在分别的时候亲她的脸……直到那一天。那一天,我们坐在她的单人床边。我不知道为什么会突然问起她小的时候受过什么委屈。她一点都不反感这有点奇怪的问题。说着说着,她的眼眶就湿了。我递给她一张纸巾。擦去眼泪之后,她不好意思地对我笑了笑。那好像是我们相识以来,她对我最热情的举动。我一把捧住她的脸,猛地在她的嘴唇上亲了一下。她的脸上立刻出现了惊恐万状的表情。但是,她没有责骂我。她没有。在第一次进入她身体的夜晚,她认真地告诉我,就是在那个时刻,她作出了一定要嫁给我的决定。

而我是在三个月之后,因为系列报道事件的结束,才"错误地"提出结婚的。那次事件起因于我收到的一封匿名举报信。来信人举报说,那一年全市的中考存在严重的作弊行为。我们部门的领导看过这封信之后,要求我们马上组织记者去进行调查。他还建议我们可以从这样一个角度入手,做一个关于教育体制改革的系列报道。领导决定系列报道由我来负责。我马上意识到这是我从业一年多以来最有意义的工作。它唤醒了我的良知和社会责任感。那一段时间我每天都加班到半夜,唯恐错过了任何一条信息和任何一份材料。我们的系列报道刚一出来就受到了社会各方面的热烈关注。我们每天都收到大量的读者来信,接到大量的读者来电,我们的工作热情极为高涨,不断高涨。

但是,系列报道同时也引起了有关部门的注意。在第四期刊出之后,我们就收到了立刻停止报道的命令,理由是它不利于社会的稳定。我们部门的领导因此被停职检查,而我则被调到了专门发布娱乐界八卦新闻的"文化生活"版。我当然不能接受这样的调动,曾经找到报社人事部门的主管,希望能够继续留在现在的岗位上。我的理由是我对娱乐界的事情没有任何兴趣。而那位主管在大谈了一通报社的"发展战略"和"统筹安排"之后,心平气和地对我说:"兴趣是可以培养的啊。"

我没有马上去新的版面上班。我想去一个安静的地方散散心,也想借机重新规划一下自己的前途。我最后选中了被发现不久的位于湘西的旅游景区张家界。在火车上,坐我对面上下铺的那一对情侣引起了我的许多思考。他们几乎整个晚上都挤在下铺上:开始他们并排坐着,后来男人让女人躺下,自己侧身坐在她的旁边。他们在不停地说话。他们好像有说不完的话。他们的亲密让我一会儿感到幸福,为他们感到幸福,一会儿感到空虚,为自己感到空虚。他们与我一起下了车,一起上了开往景区的公共汽车。在汽车上,女人始终都将头枕在男人的肩膀上,我相信我的那位生物学博士女友永远都不会理解这种生物性的行为。下车之后,他们去了另外的客栈。我以为从此就不会再见到他们了。没有想到第二天,我又见到他们。我看到他们在一条小溪边的草丛里,相拥着安详地睡着了。这是怎样的一种自由啊!我马上就想起了在圆明园的废墟上与我"必然"相遇的女孩。她就像是自由的化身。如果我们一起来到这纯净无比的世界,我们可能也会在草丛中熟睡。我抬头看了一眼碧蓝的天空。我想那一对男女刚在草丛中躺下的时候,一定对这绝美的天空发出过由衷的感叹。只有自由的心灵才懂得这绝美的天空。我羡慕他们。我嫉妒他们。突然,我感觉自己离开大都市走进大自然来的目的已经达到。我知道未来的生活应该怎么过了。我急着想回去。我急着坐上了回广州的火车。回到广州之后,我直接从火车站去了生物学博士的办公室。我一路上一直想的是要断绝没有给我带来幸福感也没有让我享受到自由的来往。也就是说,我要对交往了半年的生物学博士说不。可是站在她的面前,我说的却是完全相反的话:我说我们结婚吧。我至今也不清楚为什么会发生那样的逆转。我们在两个星期之后就办好了结婚手续。我们在一个月之后就办完了结婚仪式。

在我们办好结婚手续之后不久,我的妻子问过我一个问题:她问将来如果她瘫在了床上,我会不会照顾她。我不喜欢她问这种很俗气的问题,它让我感觉到她没有活在"现在",而是活在"未来"或者说活在对"未来"的焦虑之中。"你不会瘫在床上的。"我说。"如果呢,万一呢?"她追问。"不会有那样的如果。"我固执地说,"不会有那样的万一。"我妻子对我的态度很不满意。她说这种态度说明我不爱她。她的确没有激起过我的爱。但是如果她瘫在了床上,我肯定会照顾她,而且是精心地照顾她。这一点她应该比我自己更加清楚。但是那种照顾是多么虚假,多么不真实啊:它完全是出于责任,而不是出于神秘的迷恋或者比迷恋更加神秘的爱。密和激起了我的这种迷恋。她让我一见到她就产生了想要照顾她的激情。在我们谈到中国男人的那个夜晚,我梦见了我们"可能"的激情生活。我将她从电动轮椅上抱下来。我将她抱到床上。我为她脱去一层层的衣服。我用温热的毛巾为她擦洗身体。我的指尖有时候会轻轻地碰到她的身体。它让我充满了感激。甚至她身体上毫无感觉的部分都让我充满了感激。这就是迷恋。这就是能够克服时间和一切隔阂的迷恋。密和跟踪着我手背的运动轨迹。突然,她哭了。她要我马上走开。她求我马上走开。她说她太黑太丑。她说她母亲从小就这么说她,说她黑说她丑。我激动地跪到了床边。我将脸贴到她的脸上。"你是我的白雪公主。"我激动地说。"白雪公主"是我八岁那年第一次去舅舅家过暑假的时候,听他绘声绘色地讲过的故事。四十年后,我终于在冰天雪地的蒙特利尔看到了她:她坐在严寒的清晨里,她坐在电动轮椅上,她坐在孤独的海狸湖边,她在不停地写,不停地写,不停地写……

希 拉 里 /

随着与希拉里交往的加深,我强烈的好奇也渐渐从她的表情和行为转向了她的语言。像我妻子一样,她对我说的话也经常会有突然和强悍的反应。但是与我妻子的反应正好相反,希拉里的反应从来就没有给我留下过她在逞强或者她很好强的印象。她的反应让我看到的是智慧或者是智慧引起的绝望。比如那天我用赞赏的口气提到了"文明"一词。她马上打断了我的话。"文明一无是处。"她说,语气十分肯定。我开始有点想问她为什么会有如此负面的看法。但是我马上又觉得,话说到这种地步又说得这么肯定,再问这种"为什么"已经没有任何意义。这也许就是智慧(我感觉与道家的哲学有点类似),这当然也是绝望。按照密和的看法,希拉里受过"致命的伤"。这样的智慧和这样的绝望是不是与那种受伤也有关系?

又比如那一天在溜冰场上,看到我停在那里欣赏从高音喇叭里传出的 D 大调小提琴协奏曲,她也停了下来。她告诉我,在贝多芬的所有作品中,她最着迷的是那些弦乐四重奏。我好奇地问她为什么。她不假思索地说:"因为它们很像是一个男人与三个女人之间的对话。"她奇特的回答令我心头一紧。我以为她是在暗讽我现在的生命状态:随着我妻子的离去和我女儿的离开,我的生活中本来已经没有女人了,可是突然,希拉里和密和同时出现在我的生活中,而她们又不断勾起我对第三个女人的记忆……又比如那一天在《十四行诗》里读到"孤独"一词。她猛地抬起头,仰望着服务站的顶板,大骂了一声"Fuck"。这当然是与她的优雅完全不相配的咒骂,但是在那个时刻,我却觉得它非常精准又非常真实地表现出了她的性格。"这他妈的孤独!"她说,"它是癌症,是每个人都逃不掉的癌症。"

在听到她这种咒骂之前,我以为她根本就不怕孤独。不管是她超乎寻常的健康,还是她神秘莫测的病态都让我这样以为。"你也怕孤独吗?"我小心谨慎地说,"我原来以为你不会怕。"

"我当然怕。"她有点冲动地说,"我觉得我比谁都怕。"

我想起自己在与她和密和相遇之前的那种精神状态。我想象不出比我自己对孤独的恐惧更恐惧的感觉。

"孤独是错误的摇篮。"她接着说,"我相信人一生中犯的所有错误都起源于孤独。"

我觉得她的这句话非常哲学,也很有诗意。但是,它与我自己的情况好像并不相符。我拆散了从圆明园的废墟上建立起来的读书会应该是一个错误。可是,它好像并不是起源于孤独。还有我从张家界回到广州之后,面对着没有引起过我任何好奇的生物学博士,没有说出一路上一直想说的话,却说了相反的话,这也应该是一个错误。可是,它好像也不是起源于孤独,或者不完全是。

"一个诗人说'是上帝将孤独传给了他最渺小的造物'。我想这可能就是我不能接受上帝的原因。"她接着说,"他将孤独传给人,就是想为人去犯错误创造条件,这样,人就会需要他那样的救世主。"

这亵渎的语言让我看到的同样是智慧和绝望。我想起在我妻子的弥留之际,我们为她做过的那些祈祷。希拉里会怎么看待我们的绝望和我们的求助呢?她又会怎样去面对自己的死亡呢?很清楚,她不仅远离上帝,也远离整个世界,这种"远离"到底与智慧更有关系,还是与绝望更有关系?……她仍然在激起我的疑惑。她仍然在激起我强烈的好奇。

是的,我们的关系已经变得有点特殊了,我们已经"靠得那么近"。我没有想到密和已经注意到了这一点。我感谢她能够说出自己的发现和反应。这样,我不需要再像先前那么小心,也不需要再像先前那么紧张。我可以更加坦然地面对突然出现的奇迹:两个神秘莫测的女人同时进入了我面临崩溃的生活,她们重新激起了我对生活强烈的好奇。

是莎士比亚让我们"靠得那么近"。那一天,我刚推开服务站的门就听到了希拉里用八孔竖笛吹出的旋律。我远远地站在她的身后,听她将曲子吹完。然后,我走到她的跟前,称赞她的吹奏有专业的味道。"这只是即兴的吹奏。"她有点羞涩地说。

这让我有点吃惊。我还以为她吹奏的是一首现成的乐曲。

接着,她举起了八孔竖笛。"这是我会的唯一的乐器。"她说,"小时候在母亲的逼迫下学过一点钢琴,后来忘了。"

我告诉她,我也会吹一点。

她用毛衣擦了擦笛嘴,将竖笛递给我。

我接过竖笛,吹了一首《送别》。那是我唯一能够完整吹出的乐曲。

"好忧伤的曲子。"她说,"我小时候在钢琴上弹过它。"

希拉里对乐曲的熟悉让我有点兴奋。我告诉她,在二十世纪初,一位日本音乐家将这首美国的流行歌曲填上新词之后变成了日本的流行歌曲,而一位当时在日本留学的中国艺术家接受这种启发,在第一次世界大战爆发的那一年,给原曲填上新词,将它变成了一首被无数中国孩子传唱了将近一个世纪的中国歌曲。说到这里,我突然注意到希拉里的眼睛里又出现了那种极度的不安,就像我问她是不是去过"中国"的时候一样。我意识到自己又说多了。我表情尴尬地将竖笛递回给她。"我从来没有见过这么古朴的八孔竖笛。"我说,"它的音色太美了。"我希望新的话题能够将希拉里带出由我引起的极度的不安。

她果然显得放松了一点。"这是我们家的传家宝。"她用右手的食指抚摸着竖笛说。然后,她抬起头,很认真地问:"很久没有吹过了吧?"

这问题当然会引起我的伤感。"很久了。"我说,"时间过得真快。"

希拉里用充满同情的目光看着我。"你想起你的女儿了。"她说。

我心头一紧。我不敢相信一个常人会有如此神奇的洞察力。"你怎么知道?"我问。

"我还知道她是你的竖笛老师。"她接着说。

我不敢相信她甚至能够看到我的过去。"你怎么知道?"我用差不多是不满的声音问。

她用竖笛指着挂在我肩膀上的那对小冰鞋说:"因为你每天都背着她的冰鞋。"

这更让我感觉不可思议。"你怎么知道这是她的冰鞋?"我着急地问。

希拉里没有回答我的问题,而是继续展示她关于我的生活的知识。"我知道她已经长大了。"她说。

"你怎么知道?"我着急地问。

"我知道她已经不需要你了。"她继续说。

"你怎么知道?"我着急地问。

希拉里微笑了一下,说:"因为我拥有世界上最伟大的导师。"

她的回答激起了我强烈的好奇。"世界上最伟大的导师?"我问。我故意突出了"最"字。我想知道她的导师到底有多么伟大。

"是啊。"希拉里说,"他了解人类生活的全部秘密。"

我不敢相信有这样的导师。"他是谁?"我着急地问。

就这样,希拉里说起了自己的学术经历。她说她"很多年前"从多伦多大学获得了英国文学的博士学位。她的博士论文研究的是莎士比亚戏剧中的"疯狂"。她说她反复重读过莎士比亚的全部作品。她说她差不多能够完整地背出他的四大悲剧。她说她不相信这个世界上还有什么人比她读过更多遍莎士比亚的作品。她说她不仅反复重读莎士比亚,她还差不多"只读莎士比亚"。

希拉里的学术经历完全超出我的想象,令我十分震惊。我也不相信世界上还有什么人会对莎士比亚如此地偏执。这偏执也许应该看成是她的病症。但是,我马上就意识到,它对我却又是一个机会,一个与我的命运"必然"相连的机会。"你一定很熟悉他的十四行诗。"我激动地说。

"当然。"希拉里说。

"太好了。"我激动地说,"以后我要请你做我的导师。"

"为什么是十四行诗?"希拉里好奇地问。

"因为——"我停顿了一下之后改变了我的理由,"因为我年轻的时候尝试过去读它,但是没有读懂。"

"你读的是原文吗?"她问。

"不是。"我说,"是翻译。"

"诗歌是不可以翻译的。"她说。

"你愿意做我的导师吗?"我诚恳地问。

我不想与她讨论翻译的问题。

希拉里认真地看着我。"十四行诗差不多是莎士比亚最低的文学成就了。"她说,"如果真想读莎士比亚,我建议你去读他另外的作品。"

"至少我们可以从十四行诗开始。"我坚持说,"这对我是一个机会。"

我的话让希拉里有点紧张。"机会?"她问,"什么机会?"

我迟疑了一下。我提醒自己不要说得太多。"我对它有一些疑惑。"我说,"我想你也许能够帮我解决那些疑惑。"

"比如呢?"她问。

"我记得里面有一半的诗是写给一位黑女士的。"我说。

希拉里打断了我的话。"不是一半,是六分之一,"她说,"从第

127首到最后一首,第154首。"

她的精准让我震惊,我的错误让我羞愧。我稳定了一下自己的情绪之后才接着说:"关于那个黑女士,我就有不少的疑惑。"

"比如呢?"她又问。

"比如她长什么样子?"我几乎是不假思索地说。

希拉里的脸上出现了惊讶的表情。"我怎么从来就没有想过这个问题!"她好像是自言自语地说。

"因为你是专家。"我说,"这是外行才会去想的问题。"

希拉里的眼睛对着我,但是她的注意力已经明显不在"此刻"和"此处"。"第130首是诗人集中描述那位黑女士外表的作品。"她说,"从那里,我们知道她的胸部颜色阴暗,她的头发也没有光泽……但是,那里只有四行涉及到了她的长相:第一行说她的眼睛无法与太阳相比,第二行说她的嘴唇都没有红过粉色的珊瑚,第五和第六行说她的面颊甚至都不具备那种白里透红的玫瑰的色泽。"

希拉里的轻声细语让我感觉如雷贯耳。我惊叹她的学识和记忆。我也惊叹她对外行的耐心。"他为什么要将自己的爱人写得那么'黑'呢?"我好奇地问。

她轻轻地叹了一口气。"我以前也想过这个问题。我还想到过生活中的黑女士其实并没有那么'黑'。"她说,"我觉得诗人是在故意使用夸张的修辞手法。他想通过'抹黑'爱人的外表来降低爱情引发的痛苦。"

我不太懂希拉里这句话的意思,但是,我很清楚这句话的分量。"你也是一个了不起的导师。"我说,"我一定会从你这里学到许多东西。"

希拉里笑了笑,"那好吧。"她说,"我们就从十四行诗开始吧。"

第二天清早,我就在希拉里的带领下走近了莎士比亚。我刚走到她的身边,她就将一本《十四行诗》递了过来。昨天我们分手的时候,她就告诉我,她那里有十四行诗的各种版本,她会挑一个最合适的版本带给我。"我们从第99首开始。"她很严肃地说,"给你十分钟的时间,你至少可以读三遍,我想看你首先会问一个什么问题。"

我没有想到一开始就会遇上一次这么奇特的测试,身心立刻就紧张起来。我快步走到自己平常坐的那一排鞋柜前,放下两边肩上的冰鞋,马上翻到了第99首。我只用了一分钟就读完了第一遍,但是完全没有读懂。我做了三个深呼吸,将情绪稳定下来。然后,我读了第二遍。我好像读懂了:诗人在责骂各种各样的花,责骂它们是"甜美的贼",责骂它们偷走了他的爱人的美。但是,我"应该"问一个什么问题呢?从希拉里的语气,我觉得她对我"应该"要问的问题已经非常清楚。我非常紧张。我不想第一次测试就给导师留下不好的印象。我用更慢的速度读完了第三遍。我感觉我读得更懂了,但是,我还是不知道首先应该问什么问题。从希拉里的语气,我相信这问题不会是关于整首诗的内涵的,也不会是关于个别词的语义的……我带着淡淡的羞愧回到希拉里的跟前,告诉她,我提不出什么问题。

希拉里示意我在她的身边坐下。"数一下这首诗有多少行。"她微笑着说。

我数了两遍,结果一样。"怎么回事?"我盯着希拉里,用充满惊诧的语气问,"怎么会有十五行呢?"

"这就是我想你能够提出的问题。"希拉里说。

我羞愧地低下了头。

"读诗歌一定要非常细心。"她接着说,"任何一个细节都不能放过。"

我知道这就是她最想在第一节课对我说的话。我抬起头,用充满感激的目光看着她。这两天的交往已经让我见识了她奇特的教学法。我相信我一定会从中受益。

"这首十四行诗有十五行可能说明很多问题,比如它还不是定稿。而有这样一首未定稿的作品出现又说明另外一些问题,比如这部诗集在编排方面有很大的随意性。"希拉里说,"莎士比亚的绝大多数作品最后发表的版本都是没有经过他本人审核的,他的十四行诗也是一样。"

"但是,这十五行里到底哪一句是多余的呢?"我好奇地问。

希拉里笑了笑,说我问了一个困扰过她许多年的问题。"这里面并没有哪一句是明显多余的。"她说,"要将它变成十四行诗需要重写。"

"可不可能莎士比亚本人也没有注意到它有十五行呢?"我接着问。

我的这个问题似乎也让希拉里非常满意。"完全有这种可能。"她说,"尤其从十四行诗的发展来看。"接着,她用很简洁的方式总结了一下十四行诗的发展。她说十四行诗发源于意大利人文主义大师彼得拉克写给爱人劳拉的情书。它最初的形式非常精致,内容也非常高雅,而意大利语元音的特点又进一步提升了它的美感。红唇、玉肤和金发的劳拉是"美"的象征,也是"爱"的理想。十四行诗因此也就是"美"和"爱"的赞歌。但是到了莎士比亚这里,它的形式变得粗糙了,它的内容也不再高雅了。这与诗人对"美"和"爱"的态度的变化有很大的关系。黑女士的唇不是红的,肤不是玉的,发不是金的,而更重要的是,她对情也不专一,对欲也不节制,从里到外都是劳拉的反面。不过,莎士比亚的作品扩大了十四行诗的视野。它不仅涉及异性之间的爱和欲,也涉及同性之间的色与情;它不仅讴歌爱情的美妙和神奇,也谴责爱情的虚幻、轻佻甚至龌龊。可以说,莎士比亚的十四行诗打破了意大利人文主义者的"春"梦和"美"梦。用时髦的话说,它比意大利人文主义者的作品更具备"现代性"。这当然是一种文学的成就。"但是,有时候它会让读者感觉太残酷了,"她最后说,"比如第129首,最狂躁的一首。"说完,她深深地叹了一口气。

就这样,我和希拉里的关系进入了特殊的阶段。差不多每次见面我都会向她提出关于十四行诗的问题,我也经常会通过电子邮件向她提出关于十四行诗的问题。希拉里的耐心超出我的想象。她从来没有敷衍过我的任何问题,哪怕是最愚蠢的问题。这是我一生中第二次进入两个人的读书会,而这还是只读一本书的读书会,而这本书又正好是这两次进入之间的纽带……这扑朔迷离的神奇再次将我带向了那个问题:这一切到底是出于必然还是出于偶然?这是我永远也无法回答的问题。

气温越来越低了,海狸湖已经向溜冰者开放。这时候,我经常会将自己五十分钟的溜冰时间分成三个部分:最初的十分钟在小场上热身,随后的三十分钟在海狸湖上狂奔,最后的十分钟又回到小场上来收功。当然,如果密和坐在湖边,我就肯定不会去海狸湖上。我不想去打扰她,也不想被她打扰。尽管我们走得越来越近了,我们第一次谈话的最后她对"隐私"的那种反应对我一直都还有影响。我知道理解心灵与心灵之间的距离永远都是重要的。在与希拉里的关系进入特殊的阶段之后,我也经常会提醒自己这一点。正是对距离精准又自然的把握让我对她们的好奇没有随着我们的接近而减退,反而会随着我们的接近而增强。这真是一种很奇特的体验:我越接近她们,她们就越让我感觉神秘;我与她们见面的次数越多,就越有想与她们见面的冲动。这是与我共同生活过二十三年的女人从来没有带给我过的感觉。

密和第一次与我谈起希拉里之后的第四天,我们"这三颗微不足道的沙粒"第一次同时在服务站里出现。那天没有大风,气温也不是很低。在那样的清晨,密和应该是坐在海狸湖边,而不是坐在服务站里。但是,我刚走进服务站,她就朝我挥手示意。她说她正在等我。她说她有问题急着要问我。她的问题马上将我带进了忧伤的情绪。她问我在下雨的时候去过圆明园废墟没有。我回答说没有。是的,我没有在下雨的时候去过。但是,如果我没有在那个星期三的黄昏失约的话,我的回答就会正好相反。那个星期三的黄昏突然下起了大雨。我坐在学校图书馆期刊阅览室里茫然地看着窗外。我非常后悔,也非常内疚。但是我又告诉自己,我不能后悔,也不能内疚,否则我就永远都会被囚禁在自卑的牢笼里。我的回答让密和有点失望。她说她很想知道那片废墟里有没有躲雨的地方。

就在这时候,我看到希拉里走进了服务站。我觉得有点奇怪,因为那应该是她滑雪的时间。而且我意识到她没有走向她的位置,而是直接朝我们这边走了过来。我的脸涨得通红。我的心跳急剧加速。我紧张地退到了一排鞋柜的后面,不想希拉里能够当着密和的面与我"靠得那么近"。"你收到我昨天晚上的邮件了吗?"希拉里问,好像完全没有注意到还有另一个人在场。我尴尬地瞥了密和一眼,看到她又在埋头写作了,知道已经没有必要对她和希拉里做相互介绍。我尴尬地说最近两天我都没有开电脑,所以没有见到她的邮件。"我约你今天一起溜冰。我想我们可以一边溜冰,一边继续讨论由第97首引起的那个问题。"她说,好像完全没有注意到我的尴尬。那是关于"孤儿"的问题。我们两天前开始读关于冬天的第97首。我开始不理解第十行里面"孤儿的希望"是什么意思。在希拉里告诉我应该将"孤儿"当成动词之后,我知道"孤儿的希望"就应该被理解成是"孤儿般的希望"。没有想到我的问题刚解决,希拉里接着会突然提出她的问题。她问我是否有过与"孤儿"共同生活的经历。这与文本无关的问题带给了我很强的冲击。"我经常感觉自己就是一个孤儿。"我说。"我也经常会有这样感觉。"希拉里说。

我尴尬地看着希拉里,突然意识到她旁若无人似的对我说话其实是针对着在场的人的。这种意识令我对密和产生了一阵强烈的内疚。"我已经溜过了。"我冷冷地说。我能够感觉到密和微微抬起头来看了我一眼。她当然知道我这是在撒谎。她当然应该知道我这是在为她撒谎。

从希拉里的表情里,我看得出她也知道我这是在撒谎。她当然也应该知道我为什么会对她撒谎。但是,她并没有揭穿我。这当然证实了我对她旁若无人的态度的感觉。"那太遗憾了。"希拉里说,"那我们只能在明天下午看完电影之后再继续讨论了。"她并没有改变她说话的态度。

"明天下午看完电影?!"我完全不知道"我们"有这样的安排。

"这也是我在邮件里写过的。"希拉里说,"我不是告诉过你有一个伍迪·艾伦的电影回顾展吗?我已经订好了明天的票。"

我有印象她在几天前提到过伍迪·艾伦的电影回顾展。我还记得她说伍迪·艾伦那些调侃两性关系的电影能够帮助我理解莎士比亚的十四行诗。但是,我没有想到她果然会这么当真。"我不知道明天下午有没有其他的安排。"我冷冷地说。然后,我很尴尬地与她告别,也很尴尬地没有与密和告别。

我不太理解希拉里为什么会主动向我发出看电影的邀请,还订好了明天的票。在这之前,她拒绝了我的所有邀请。我们的关系进入以十四行诗为标志的特殊阶段之后,我曾经两次邀请她去听音乐会,都被她以"没有时间"拒绝。我也曾经邀请她去餐馆,也被她以"对食物没有兴趣"为理由拒绝。甚至那三次去咖啡馆坐一坐的邀请都被她以"以后再说吧"拒绝。我猜测她并不是不接受我的邀请,而是不接受任何人的邀请。或者说,她恐惧"被邀请"。回家之后,我马上打开电脑,认真读了两遍她的邮件。我有点兴奋。我为我们终于能够有一次在皇家山外的见面而兴奋。我马上回复了她的邮件,确认明天下午两点在公园大道边的那家电影院门口见面。

那是一家专门放映旧片的电影院。希拉里和我几乎同时到达。取到电影票之后,我跟着希拉里浏览了一下张贴在电影院售票处旁边的回顾展的宣传资料。注意到希拉里对伍迪·艾伦的所有电影作品都非常熟悉,我没有掩饰自己的惊叹。"你好像不太熟悉他的作品。"她说。

"不是不太熟悉,是根本就不熟悉。"我用调侃的语气说,"我只熟悉他的丑闻。"

希拉里没有将我的话当成是玩笑。我熟悉的那种不安的表情又出现在她的脸上。我又感觉非常内疚。尤其是看到希拉里在观看影片的过程中自始至终都极为严肃,没有被引得哄堂大笑的对话逗笑过一次,我更是不停地责备自己不应该用那种不谨慎的方式说话。

如果不是因为这内疚和自责,我应该会更好地去欣赏这个奇特的下午。我从来没有接到过一个女人发出的一起去看电影的邀请,更何况这是一个激起了我强烈好奇的女人。我也从来没有享受过与我家人之外的异性一起去看电影的经历,更何况这是一个激起了我强烈好奇的女人。

这不仅是一个奇特的下午,也是唯一的下午。我想起希拉里有一天说过在这个消费的时代,"唯一"变成了最稀缺的财富。我当时完全不懂她说的是什么意思。现在,当我自己拥有了这"最稀缺的财富"的时候,我完全懂了。我几乎没有去欣赏伍迪·艾伦的作品。我在倾听希拉里的呼吸。我在观察希拉里的表情。我在捕捉和咀嚼希拉里的体味……也许是因为黑暗的缘故,我对她身体的感觉比我们"靠得那么近"讨论十四行诗的时候更为强烈,更为清晰。那是没有任何其他女人能够给予我的感觉。那是"唯一"的感觉。

希拉里和我都住在皇家山的另一侧。从电影院出来之后,希拉里建议我们不要乘车,而是从皇家山翻过去。"我们还没有一起走进过皇家山的黄昏呢。"她说。

我没有想到这"唯一"的享受还能够延长,当然非常兴奋。

我们从麦吉尔大学体育馆前的那条小路走进皇家山。走了很长一段时间,希拉里才好像突然有了说话的兴致。她告诉我,这是她第二次看这部影片。第一次看是在三十年前,在影片刚出来的那一年。她告诉我,那一次,坐在她身边的是她的丈夫。刚说完,她马上又纠正说是她的"前夫"。

她为什么要告诉我这些?她为什么要邀请我去看三十年前她与"前夫"一起去看过的影片?我开始感觉非常不好。我觉得她这么做说明她对我一点都不在乎。但是,继续走了一段之后,我的感觉却完全变了。我觉得这个谜一样的女人邀请我去看三十年前她与"前夫"一起去看过的影片正好说明她对我非常在乎。这可能是一个具有象征意义的举动。这可能说明我们的关系将要进一步特殊化。我估计,她紧接着会继续爆料,公开她个人生活中更多的秘密。

我估计错了。她的这句话并没有下文。她接下来问的是另外的问题。她问我喜不喜欢看电影。

我说以前很喜欢,可是移民的这十五年里,我过的是疲于奔命的生活,很少看电影。她接着说电影是她生活的必需品。她接着说她有一些特别喜欢的导演,伍迪·艾伦就是其中一个。她说她看过他的全部作品。

我意识到这是一个机会,迫不及待地问:"可是你为什么自始至终都不笑呢?电影里的对白那么好笑。"

希拉里看了我一眼,没有回答。

我还是觉得非常内疚。我还是责备自己不应该用那种调侃的语气提到她的偶像……但是,我不敢再说什么了,因为很明显,希拉里不愿意谈论这个话题。

我们一路沉默着走到了海狸湖边。那是我们应该分手的地方。我感谢希拉里的邀请。我说我很欣赏这一段徒步,也很喜欢刚才的影片。希拉里说她也一样。她还说这么多年之后,那部影片还能给她那么多的启发,让她感觉非常神奇。

我没有想到我们的交谈并没有在这里结束。希拉里走出去两步之后,突然回过头来说她昨天不应该打断我和密和的谈话。我说没有什么关系,那只是很随意的谈话。希拉里站着没有动。她显然还有问题。我等待着她的问题。"她是中国人吗?"她问。

"我不知道。"我说。

这显然不是她所期待的回答。"她是日本人?"她接着问。

"我也不知道。"我说。

这更不是她所期待的回答。"这怎么可能呢?!"她用费解的语气说,"我看你们总是在一起。"

就像密和已经注意到了我与希拉里的特殊关系一样,希拉里也已经注意到了我与密和的特殊关系。这让我感觉有一点突然,但是我并不紧张,我也不想做什么解释。

"她好像对你很感兴趣。"希拉里接着说。

我能听得出她的情绪。"她只对北京感兴趣。"我说,"或者说只对圆明园的废墟感兴趣。"

希拉里会意地点了点头。"那肯定与她的写作有关。"她说。

我惊叹她的"肯定"和她的联想。"我不知道。"我说。

"你连她在写什么也不知道吗?"希拉里用吃惊的口气说。

"我不知道。"我说,"她好像不想别人知道。"

希拉里接着告诉我,她从冬天的第一天就已经注意到她了。这让我想起我第一次看见她的时候,她的那种坐姿以及她的那种专注。我知道了,她那时候很可能就是在看着坐在海狸湖边的密和。

"你知道我对她的第一印象是什么吗?"希拉里问。

我还是说我不知道。

"我感觉她是一个孤儿。"希拉里说。

希拉里真是一个奇特的导师。她最后还是用这句话将我们带到了第 97 首十四行诗引发的问题。

我 /

我一辈子也不可能忘记报社人事部门的主管那种敷衍的表情。"兴趣是可以培养的啊。"说这句话的时候,他在翻动着手里的那一叠报纸,头都没有抬起。我不相信他说的话。哪怕他的态度不是那么敷衍,我也不会相信他说的话。我始终也没有培养起对"文化生活"版的兴趣,就像我妻子始终也没有培养起对我们夫妻生活的兴趣一样。如果套用我母亲对那个"很有才华又非常不幸"的女人的说法,这应该就是我的"报应"。我不应该听信那位退休老师的误导,将婚姻变成生活的策略(或者说克服孤独的手段)。举办结婚仪式的当天,我就已经清楚地意识到了这一点。我们的结婚仪式完全是广式的。面对着来宾的喜悦,面对着新娘的周旋,面对着我不理解的挑逗和捉弄,面对着依然与我隔膜的语言,我的感觉非常异化:我感觉我自己就是一个客人,而且只是一个客人,而且永远都只是一个客人。我感觉正在进行的仪式只能证明我"借土"的成功,却无法证明我"生根"的可能。甚至可能更糟,甚至它正在证明我"生根"

的不可能。我后悔了。

我后悔自己从张家界回到广州之后说的完全是一句相反的话。那是我的错误。那是我一生中犯下的最大的错误。

我的父母没有来参加我的结婚仪式。他们对我们说的理由完全是生理上的。他们说他们的腰椎不好,不能坐火车,他们又说他们的心脏不好,不敢坐飞机。而我很清楚,他们真正的理由完全是心理上的。他们不可能接受"什么都不好"的儿子为他们找到的儿媳妇,更何况这是与他们"没有共同语言"的儿媳妇,还是"什么都能吃却不能吃辣"的儿媳妇。我相信如果是我弟弟的结婚仪式,哪怕要他们坐着牛车去,他们也不会感觉难受;哪怕要他们坐着火箭去,他们也不会感觉害怕。我从来没有将我父母对我妻子的那些评价告诉她。但是,她非常清楚他们对她的看法。而他们没有来参加我们的结婚仪式也成了我们婚姻生活中永远的阴影。

走进共同的生活,我才真正知道我们生活习惯上的对立会有多么彻底。我也更加懊悔自己突然改变的选择。在所有那些对立中,最让我感觉可悲的是精神层面上的对立,比如我喜欢读文学作品和文学刊物,她却对那种"毫无用处"的阅读非常反感;最让我感觉可笑的是饮食习惯上的对立,比如她能上气不接下气地吃榴莲,觉得它很香,而我闻到榴莲的气味就想吐,觉得它很臭。还有,她对工作和事业充满了热情,而我自从系列报道事件之后,对工作和事业已经毫无热情。还有,就像在工作上一样,她在家里也有很强的控制欲,我们家里小到要用什么牌子的酱油和料酒都要由她来决定。我的一位同事只去过我家里一次就给我取了"政协委员"的绰号。这绰号的意思当然谁都会懂。正因为这样,当我对她移民的"英明决策"提出异议的时候,她会有"执政党"一样的强烈反应。

最让我难以启齿的当然还是我们在夫妻生活方面的对立。她不仅自己"没有什么兴趣",也拒绝我对她兴趣的"培养",甚至还总好像要扑灭我的兴趣。在我挑逗她的时候,她经常还能若无其事地与我谈论国家的大事和单位上的小事。那可能是我见到过的最高级别的"淡定"。而在我要得急不可耐的时候,她还经常会半推半就,一会儿说她"明天还要上班",一会儿说她"今天已经很累"。我已经习惯了不去理会她一路上设置的障碍。我已经习惯了在她的身体里自寻其乐和独善其身。她经常会在我的耳边催促说"快点好吗"或者"你还不够吗"。我已经习惯了不去在意她的这些催促。最后,每次在我准备冲刺的时候,她总是会提醒我"小声一点"或者"不要让邻居听到"。我已经习惯了不去在意她的这种提醒。我已经习惯了她的"没有什么兴趣"。我渐渐也失去了自己的兴趣。

如果不是因为那次常规体检中发现的异常,那持续了二十三年的错误就一定还在继续。我就不会在接下来的那个冬天跟着一个陌生的韩国学生走上皇家山。我就不会在那里与那两个深不可测的生命之谜相遇。那个冬天就不会成为我在蒙特利尔度过的最奇特的冬天。那最奇特的冬天改变了我对生命的许多看法。我会觉得我妻子的早逝其实就是我人生链条中的一个"必然"的环节。我甚至觉得二十三年前的错误也是这人生链条中的一个"必然"环节。我要为那最奇特的冬天感谢我妻子。我要为那最奇特的冬天感谢我一生中犯下的最大的错误。我甚至要感谢我的父母:他们对我的态度肯定是造成我孤僻性格的重要原因,也就为我犯下人生中最大的错误创造了最重要的条件。

当然,我也要感谢在经营便利店的过程中遇见过的那两个奇特的顾客。他们无疑是在最奇特的冬天到来之前的移民生活中对我影响最大的两个人。埃里克是一个长得非常英俊的黑人,就住在离便利店两百米远处的一条小街上。他前两次来都只是匆匆忙忙地买了一些东西就走了。第三次来的时候,看到我正在读那本《呼啸山庄》,他主动与我交谈起来。他说他出生在加勒比的圣露西亚,在哥伦比亚大学取得社会学博士学位之后来到了蒙特利尔,在麦吉尔大学任教。知道我对文学感兴趣,他马上问我是否听说过出自他故乡的文学大家。我羞愧地承认连他的故乡我都是第一次听说,当然不可能知道那里出过的文学大家了。"德里克·沃尔科特。"埃里克用充满自豪的语气说,"二十世纪最伟大的英语诗人之一。"接着,他又补充说,他是那个"最伟大"的阵容里唯一的黑人。我羞愧地承认我从来都不知道二十世纪最伟大的英语诗人里面有一位黑人诗人。"你是中国人吧?"埃里克接着问。我说是的。他说我没有听说过德里克·沃尔科特一点都不会让他感到意外。他说三年前他在纽约遇见过一位著名的中国作家,他知道不少美国的白人作家,包括一些二流的白人作家,却没有听说过像托尼·莫里森那样的当代黑人文学大家,更不要说更早一点的詹姆斯·鲍德温和拉尔夫·艾里森了。埃里克摇了摇头说,他注意到我们许多人身上都带有明显的种族歧视。"为什么会这样?"他很认真地问。我这已经不是第一次听到关于中国人种族歧视的抱怨了。我做了一个鬼脸。"也许因为我们自己也是有色人种吧。"我说。埃里克不是太理解我的意思。"就是说这可能是自卑感的表现。"我解释说。埃里克说他是第一次听到这种解释,觉得很有意思。接着,他又谈起了他自己遭受中国人种族歧视的一些经历。他说,每学期他都会遇到一些选了他课的中国学生因为他是黑人而退课的情况。他又说,有一天他与一个中国学生谈起自己有没有可能去中国教书,那个学生不假思索地说可能性很小。埃里克问他为什么。那个学生告诉他,因为中国人会嫌弃黑人老师的英语不够纯正。还有一次,他玩笑着问一个中国学生,他能不能找到一个中国女朋友。那个学生说绝对不可能。埃里克问他为什么。那个学生说:"有哪个中国家长会舍得将自己的女儿嫁给一个黑人呢?"说完,他又补充了一句:"如果你是 NBA 的球星也许还有一点机会,因为中国人是愿意为巨额的年薪作出妥协的。"

埃里克博学又谦和。我很喜欢与他交谈。他也说他很喜欢与我交谈。我们的见面从来都是即兴和随意的。但是,每次见面我们都会有精神上的快感和收获。埃里克每次来都会向我学两三个汉语句子和五六个汉语生字。他准备了一个小笔记本,专门用来记下学到的字句。而我每次也都能从埃里克那里学到许多关于英语世界的知识。最让我感动的是,在他的引导下,我几乎通读了一遍美国黑人民权运动的历史。我还记得那是一个下着大雨的夜晚,他特意来到便利店,送给我一份马丁·路德·金《来自伯明翰监狱的书简》的复印件。那是在我们前一次见面的时候,他几次谈到过的文章。"你肯定会感兴趣的。"那是我第一次读马丁·路德·金的文字。我不仅立刻就被它迷上了,还马上对美国黑人民权运动和二十世纪六十年代的美国社会产生了浓厚的兴趣。再见到埃里克的时候,他好像已经完全料到了《来自伯明翰监狱的书简》会对我产生的影响,给我带来了一本介绍美国黑人民权运动的小册子和一本介绍六十年代美国社会的小册子。从此,我们的交谈总是围绕着这两个话题展开。与埃里克的这些交谈不仅成了我理解美国社会的通道,也让我慢慢开始懂得了自己生活的城市和自己的移民生活。读完那两本小册子之后,我又在埃里克建议下读起了黑人文学作品。埃里克建议我从拉尔夫·艾里森的《看不见的人》开始。他说在西方的主流社会里,中国人其实也是"看不见的人"。他说那本小说应该会引发我对身份问题的许多思考。他还说许多人的一生就是从"看不见的人"变成"看得见的人"的过程。他还说克服自卑感是这个过程中最重要的一步。他的这些看法对我都很有帮助。

在我快读完《看不见的人》的时候,埃里克找到了新的工作,搬到多伦多去了。在随后的半年时间里,我们经常有电话联系。他还在继续学习汉语,我还在继续阅读黑人文学作品。我们的交谈还继续保持着原来的水准。但是半年之后,我们的联系就渐渐少了,因为我感觉埃里克对我们的交谈越来越没有兴致。我猜想他是遇到了什么不愉快的事情。我问过他两次,他两次都说没有什么。那一年圣诞节前夕,我给他打过三次电话,三次他都没有接听。我每次也都给他留了言,希望他能够给我回电话。他一次也没有给我回电话。这样,我们的联系就完全中断了。

大概就在与埃里克的联系中断一年之后,另一个奇特的顾客出现在我们的便利店里。他是一个中国人,但是他不像普通的中国人:他的穿着很精致,他的举止很儒雅。他好像见过大世面的样子,同时又给人与世隔绝的感觉。还有,他永远都戴着一副墨镜,不知道那是为了保护眼睛还是为了隐瞒身份。他第一次进来只买了三张面值为五加元的电话卡就走了。五天之后,他第二次进来,又只买了三张同样面值的电话卡就走了。我妻子和我都觉得有点奇怪：一般的中国顾客每次只会买一张电话卡，而他却买三张；一张电话卡可以打近八个小时的国内长途，够一般的顾客用上两个星期，而他却只用了五天。我妻子总是喜欢去猜测顾客尤其是中国顾客的背景，也总是很得意自己能够猜得八九不离十。这一次，她却完全没有把握了。在奇特的顾客第二次离开的时候，她紧跟着也出了门。她想知道他到底住在哪一条街上。可是，她很快就回来了。她说他可能不住在附近，因为他上了公共汽车。我没有搭理她。她一把抢走我手上那本"毫无用处"的书，要我跟她一起猜测这个顾客的背景：他是什么人？他为什么五天之内要用三张电话卡？他需要跟谁打那么多的电话？……"他会不会是在逃的贪官啊？"她最后用非常激动的声音问。"你想他是还是想他不是？"我冷冷地问。"这不是我想不想的问题。"她不满地说。"所以你就不要去想了。"我不耐烦地说。她失望地看着我，将她抢走的书扔到柜台上。然后，她走进便利店后面的小库房去了。可是没过多久，她又捧着一箱方便面走到我的跟前。"他到底是给谁打那么多的电话呢？"她问。我实在不想她再胡搅蛮缠了。"你猜猜他还会不会再来，会过几天再来，会买几张卡吧。"我冷冷地说，"这些才是离你比较近的问题。"

他还是在五天之后出现。他还是只买了三张同样面值的电话卡。我没有忘记我妻子"下次一定要套出一点话来"的指示，在将电话卡递给他的时候,故意问了一句,我应该怎么称呼他才合适。他抬起头来,显然是在看着我。但是,我无法透过他的墨镜看到他在用什么样的目光看着我。"我姓王。"他慢条斯理地说,"大家都叫我'王隐士'。"说完,他转身就走了。

我妻子过来接班的时候,我将套到的话转述给她听。可是她不但没有表扬我,反而还用不以为然的口气嘲笑我:"谁都可以说自己姓王,谁都可以说自己是'王隐士'。"她说,"这等于是白问。"

我没有反驳她,也不想反驳他。我很清楚那不会是"白问"。我很清楚"王隐士"五天之后还会出现,而且会以不同的方式出现。他果然出现了。他将钱递过来的时候,连"买三张电话卡"这句话都没有说,那是他前三次都会说的话。这就说明我上一次没有"白问"。我也没有问他要买几张,而是直接给了他三张。这是我对我们关系改变的确认。他还有更多的改变。拿到电话卡之后,他没有马上离开,而是在便利店里转了一圈,他甚至还拿起一包消化饼看了一下。最后,他又站到了柜台的跟前……我预感到他要开始问我问题了。我有点好奇他会问什么问题。这是我从来没有过的好奇,因为我太熟悉我的顾客尤其是中国顾客会要问的第一个问题。那一定是与物质、利益或者前途关系密切的问题:开这么一个便利店能赚钱吗?租金是多少?每天的营业额是多少?毛利是多少?为什么不增开一个鲜肉档?为什么不增开一个咖啡角?还有客流量如何,还有进货渠道怎样……好像他们都很懂商业,都很懂经营。经常让我吃惊的是,那些新来的小留学生也都像成年人一样世故,也都问类似的问题。为什么不问我《看不见的人》是一本什么书呢?为什么不问我喜不喜欢冰上的运动呢?为什么不问我想不想家呢?我想起自己在他们那样的年纪还没有任何商业头脑……那是充满理想的八十年代:那时候的世界还很单纯,那时候的中国还很单纯。那时候的中国和世界都已经一去不复返了……

"王隐士"果然没有问我太熟悉的那些问题。"看得出你已经移民很多年了,有一个问题不知道你想过没有。"他慢条斯理地说,"你想过自己为什么会站在这里吗?或者说,你想过你站在这里是出于必然还是出于偶然吗?"

我的身和心都猛烈地抽搐了一下。我已经太久太久没有面对过这种抽象的问题了。我现在过的是最平庸和最单调的生活。我不会去问那么多的为什么,更不会去问那么奇怪的为什么。我站在这里是因为我是这家便利店的主人,是因为我要将货卖出去将钱收回来,是因为我要养家糊口。我没有去想过这是出于必然还是出于偶然。我觉得它很自然。我知道这不是"王隐士"等待的回答。他的问题是抽象的问题。他问的"这里"并不是这里。"我没有想过这种问题。"我用没有一点自信的语气说。

"你可能也没有想过你生活在一个什么样的时代吧。""王隐士"说。

"我没有想过。"我承认说。但是,我接着说:"不过,我能够感觉到时代的变化。这个时代跟我很喜欢的八十年代已经完全不同了。"

"王隐士"严肃地点了点头。"能够有这种感觉就很好。"他说,"这说明你已经看到了生活的全景。"他停顿了一下,接着说,"只有看到了生活的全景,才可能看到生活的意义,才可能有意义地生活……可是,绝大多数人都被眼前的利弊和得失局限,他们看不到生活的全景,看不到生活的意义。"他又停顿了一下,好像是在等待我的反应。但是,我除了惊讶,还怎么可能有其他的反应!"王隐士"接着说:"如果你能够看到自己二十年后的生活,你现在还会这么生活吗?如果你二十年前能够看到自己现在的生活,你还会在同一座城市生活吗?你还会与同一个人一起生活吗?""王隐士"稍稍稳定了一下自己的情绪,接着说:"只有两种方式能够让人看到生活的全景。"他确认了我在等待着他的下文之后,继续说:"一是哲学的方式,也就是让那些抽象的问题将你带到思想的制高点;一是死亡的方式,也就是让关于虚无和荒谬的体验将你推到生命的最低处。只有站在这两个极点上,人才能够看到生活的全景。"

"王隐士"的这番话让我深受刺激。这是我从来没有听人说过的话。这也好像是我一直都在渴望听到的话。说完这番话,"王隐士"就转身离开了。但是,我感觉他慢条斯理的声音依然在便利店狭窄的空间里回荡。我茫然地倾听着那亦真亦幻的声音。是啊,我为什么会站在这里？平庸的生活让我疲于奔命,我已经太久太久没有思考过抽象的问题了。我突然想起了圆明园的废墟。那是离思想的制高点和生命的最低处都很近的地方。那时候,我偶然会看到生活的全景,看到过去和未来。但是,现在……现在,我却只能看到"现在"了。或者用"王隐士"的话,我只能看到"眼前的利弊和得失"了。这是怎么回事？是的,在"王隐士"出现之前,埃里克已经出现。他让我看到了黑人民权运动的波澜和二十世纪六十年代美国社会的动荡,他让我知道了在我自己疲于奔命的生活之外还有另外的生活。但是,那毕竟是来自外部的启示。而"王隐士"是我的同胞。他用我的母语说出了我从来没有听过却一直都渴望听到的话。他的见解说明他看到的世界与我们看到的完全不同,也说明他的生活与我们的生活完全不同。这"完全不同"带给我的是比启示更强烈的震撼和冲击。一种深深的敬意开始荡漾在我的心中。我开始盼望着与"王隐士"的下一次见面。同时,我也为我妻子这些天来的那些庸俗不堪的猜测深感羞愧。当她又迫不及待地向我打听"最新情况"的时候,我用责备的口气提醒她不要再对"王隐士"那么好奇了。"你永远也不会知道他是什么人。"我说,"但是我可以向你保证,他绝对不会是你想象中的那种逃犯。"

有意思的是,在我与"王隐士"的第二次交谈中,他自己却推翻了我的这种"保证"。在谈了一阵他对"孤独"的看法之后,他突然说了一句将我吓得半死的话。"我要承认,"他慢条斯理地说,"我其实是一个逃犯。"我弯腰捡起被他的话吓得掉到了地上的书。我提醒自己一定要临危不惧。我傻傻地看着他,一边在想着他到底犯了什么事,一边在想着他会不会再惹新的事。但是,他马上就消除了我的恐惧,同时让我对他产生了更深的敬意。"其实所有人都是囚犯,他们被囚禁在家庭、学校和单位之中,他们被囚禁在恐惧、焦虑和绝望之中,他们被囚禁在表面的繁华、浅薄的名利和虚幻的权势之中……一句话,他们被囚禁在'眼前的利弊和得失'之中。但是,大多数人对此并没有觉察。他们不知道自己是囚犯,甚至应该说是死囚,因此他们也就没有逃离的冲动和自觉。记得谭嗣同的'罗网说'吗?他很早就已经看破红尘,立下了冲出世间各种'罗网'的决心。所以,他最后才会有'我自横刀向天笑'的洒脱。记得《悲惨世界》里的贾维尔吗?他一直都以为自己是代表着真理和正义的警官,最后才顿悟自己其实是成见的囚犯,最后只能以自杀来逃脱良心的审判。""王隐士"观察了一下我的反应,然后接着说:"这个世界上的贾维尔不多,谭嗣同当然就更少。我自己也是到了很晚的时候才认清自己的这种'囚犯'身份。逃离当然就更晚了。"他又停顿了一下,接着说:"说起来要感谢这个'全球化'的时代,是它让逃离变得可能。在这个时代到来之前,所有那些醒悟了的人最后都会被关进疯人院。"

这"感谢"让我有点吃惊,因为通过我们的这两次交谈,我知道"王隐士"其实一点都不喜欢这个被称为"全球化"的时代。而在他全部的"奇谈怪论"中,给我留下最深印象的也就是他对这个时代的批判。比如他有一次谈起了他对人类社会发展阶段的看法。他说我们中国人都熟悉的那种马克思主义的分法太重物质,也太重阶级,没有什么意思。他说他倾向于那种将人类社会发展分为神权时代、贵族时代、民主时代和混乱时代的分法。他说"全球化"的时代就是混乱的时代。它的标志就是权威的崩溃、个性的泯灭、亲密感的消失……他问我是否听说过"每个人都出名十五分钟"的说法。他说那就是混乱时代的一个特征。在这个时代,人已经失去了与"人性"合拍的时间感和距离感。人已经遗忘了停留、专注、缓慢、缠绵和痴迷。一切都变成了快餐,甚至学业和事业都成了快餐,甚至婚姻和情感都成了快餐。

又比如他有一次谈到了"远与近"的问题。他说在这个"全球化"的时代,科学的发展让人随时都可以听到万里之遥的声音或者看到在世界上任何角落发生的事情,表面上拉近了人与世界之间地理上的距离。而实际上,过度膨胀的信息或者说过于廉价又过于密集的"听到"、"看到"和"知道"分散了人的注意力,剥夺了人的亲密感,人与人之间心理上的距离不仅没有缩短,反而比从前更大。他说现在的人对一切都有"看法",却一点都没有"思想",这就是信息泛滥的恶果。他说信息不仅不能让人看到生活的全景,反而会遮蔽生活的全景。他甚至说,"信息是每个人的情敌"(这句话至今还让我觉得很精辟)。最后,"王隐士"还从一个很特别的角度谈到了这个时代"远与近"的悖论。他说中国人的日常生活正在面临着威胁:他们没有新鲜的空气,又很担心食物的安全……他们只能到"远处"去获得这种最"近"的需求。教育也出了类似的问题。教育本来也是最"近"的需求,中国的家长却不得不花很大的代价将孩子们送到"远处"去接受更好的教育。

而"公与私"的关系是"王隐士"谈论最多的话题。他对"全球化"时代私人空间的严重萎缩极为不满。他说这就是他选择做隐士的原因。他说因为电脑和手机的普及,人已经没有隐私可言。他说现在所有人都生活在虚拟的"公共空间"里,也都愿意将自己的隐私充公成为"共享资源"。他们要不就在"表演",要不就在"窥探"。他们同时患有露阴癖和窥阴癖,而且症状都很严重。他说"公共空间"的扩张表面上给人提供了更大的自由,实际上却会限制人的自由,甚至剥夺人的自由。他说隐私是人性的底线。他说在这个信息泛滥的时代,一个人生活幸福的程度与进入他生活的信息量成反比。

"王隐士"与我交往了大半年的时间。在搬走之前的一天,他特意来向我辞行。就像他从来没有说过他住在哪条街上一样,他也没有告诉我他要搬去哪里。他只是说他估计我们以后很难再有机会见面了。他说他很高兴这一段时间与我的相处。他也希望我不要在意他的那些"胡说八道"。他说他其实是不太愿意跟陌生人交谈的,不知道为什么会跟我有那么多话说。我感激他对我的信任。我告诉他,他的每一句话对我都很有启发,我都会牢记在心。我最后坚持将"王隐士"送到了公共汽车站。我没有想到他最后会提到电话卡的事。"你不觉得奇怪吗?"他说,"我每天要打那么长时间的电话。"我说我开始觉得有点奇怪,后来就没有在意了。"王隐士"举起手来,好像是想摘掉他一直戴着的墨镜,但是他马上又将手放下了。"是啊,"他说,"我其实并没有能够逃离这个时代。"

我一直看着"王隐士"上了公共汽车才转身往回走。他的最后那句话让我有点伤感。后来有很长一段时间,我还经常会想起他的那句话。那句话当然说明他有世俗的拖累。但是像他那么清醒和洒脱的人会屈从于什么世俗的拖累呢?

埃里克和"王隐士"给我带来了启示和震撼,却并没有改变我的生活。如果不是因为那次常规体检中发现的异常,我持续了二十三年的生活一定还在继续。复查结果让我看到了那种生活的结局。在医生与我单独交谈之后,我首先将结果告诉了我女儿,然后才将结果告诉我妻子。她的反应远比我想象的要平静。她那一整天都显得非常平静,生活节奏没有丝毫的改变。但是晚餐之后,她的反常情绪出现了。我一方面要显示我的关切,一方面又怕火上浇油,说话和动作都非常紧张,非常小心……好不容易平稳地过渡到了我伸手关掉台灯的时候。我在心里暗暗希望她保持沉默,不要让我们的睡眠受到干扰。结果事与愿违。她几乎是马上就开口了。"医生说我还能活多久?"她用很生硬的声音问。

"不要乱想。"我说,"治疗是现在的主要任务。"

她没有反应。

她的沉默让我感到更加不知所措。

"还记得以前每次谈到死,你总是说你会先死。"她说。

"我不想在你之后死。"我说。

"你怕孤独?"她说。

"不是。"我说。

"那为什么?"她问。

"我会责备自己的。"我说。

"那又不是你能够决定的事情。"她说。

我犹豫了一下,说:"我知道我们的婚姻没有给你带来快乐。"

"这应该是我要说的话。"她说。

一股浓烈的酸楚涌上了我的心头。

又是一阵很长的沉默。

"你后悔过移民吗?"她突然问。

我稍稍迟疑了一下,说:"没有。"

又是一阵很长的沉默。

"你呢?"我问。我不知道自己为什么会这么问。

她过了很长时间才给出她的回答。"不是为了孩子吗?"她说,"将来她会感恩的。"

这不是回答的回答又将我带到了那天在餐馆里庆祝她找到工作时的感觉中:那种莫名其妙的冷,那种深不可测的冷……

她深深地叹了一口气,然后将身体转向了外侧。"原来只是想着到这里来生活的。"她说,"没有想到还会要死在这里。"

"不要乱想。"我说,"医生正在制定治疗方案,我们要积极配合。"

第二天一早,我刚睁开眼睛,我妻子就提出了想在治疗开始之前"最后"再回国去一趟,去向她母亲"告别"。我提醒她不要总是用"最后"和"告别"这样的词。这样的词对治疗没有任何好处。她有点伤感地看着我,说她当然不会在她母亲面前用这样的词。她说她根本就不会告诉她母亲她为什么会突然回去。她又说她希望我能够陪她一起回去,就像上次一样。上次是三年前,我陪她去参加她父亲的葬礼。我这次没有任何犹豫。我想这也会有利于她回来后的治疗。我们马上就订好了机票。我们还是将便利店托付给了我妻子最放心的那位朋友。

与我们上次回去的时候不一样,我妻子在广州期间没有与从前的任何同学和同事联系,也没有在外面吃过一次饭,也没有逛过一次街。她说她只想与她母亲呆在一起,只想吃她母亲做的饭。令我非常吃惊的是,她还提出来我们应该一起去看望我的父母。三年前,我是在她父亲的葬礼之后单独去看望我父母的。这一次,我们的时间很紧,我自己原来都没有去看望他们的计划,更没有想到过会与她一起去。我们在广州住了十天之后去重庆住了两天。两年前,我弟弟在重庆最贵的小区为我父母买了一套房子,将他们接到了那里。我父母很高兴我们能去看望他们。他们对我妻子已经没有那种敌对的态度。他们唯一的不满是我们留给他们的时间太少。我父亲特别提醒说我们看不看他都无所谓,但是我们应该多回来看望我母亲,因为她已经出现了一些老年痴呆的症状。在重庆的第二天中午,我还利用我妻子午休的时候去医院看望过我舅舅。他已经是肺癌的晚期。但是那一天,他的精神状况还不错,问了我很多在国外生活的问题。我忍不住问到了那个"很有才华又非常不幸"的女人。他很吃惊地看着我,问我怎么还会记得她。他说他也有很多年没有看见过她了。他说她"应该"还是住在精神病院里。他还告诉了我一个奇特的巧合,他说我父母现在住的那个小区的位置正好就是那个女人当年工作的那家糖果饼干厂的厂址。

我在回来之前最担心的就是我妻子的精神状况。我不愿意她受到任何的刺激。以前她会对国内的自然和社会环境有很多的抱怨,比如龌龊的空气、拥堵的交通、低劣的服务和极度的势利。这一次,她表现得非常宽容,非常平静。这一方面当然是因为她基本上没有与外界接触,而更重要地,我相信是因为她生理上的绝症改变了她的心理。但是,她还是遭受了两次强烈的刺激。一次是在重庆。我们离开的前一天晚上,我弟弟坚持要请我们去重庆最好的餐馆吃饭。吃饭的时候,一切都还非常正常。我也开始放松了警惕。没有想到在买单之后,我弟弟突然口若悬河:他首先嘲笑我们当年移民的决定,说不知道那是谁的"馊主意"。他说不管从哪个方面看,那都是眼光短浅和十分错误的决定。接着,他开始对我们进行爱国主义教育。他说中国是全人类的未来和希望。他说没有中国的支撑,整个世界的经济立刻就会崩溃。他说美国人又无知又狂妄。他们不知道是中国在养着他们,而他们更不知道,中国也可以不养他们。他又说过去的教科书上说"物质极大地丰富"是共产主义的前提,而中国现在什么都"极大地丰富",连情人都"极大地丰富"……说着说着,我弟弟突然提到了我们当年为买下便利店向他借的那笔钱。他当年说过,我们随便什么时候还都可以,所以我们一直都没有上紧。没有想到他这时候会突然当众宣布说要免除我们的那一笔"外债"。"你们不要不好意思,"他不以为然地说,"它连我这个月股票收益的零头都算不上。"我不敢太去关注我妻子的反应,但是,我能够感觉到她越来越沉不住气了。我也不知道要对我弟弟的话作出怎样的反应才会让我妻子感觉没丢面子。这时候,我弟弟说了一句更令我意想不到的话:"现在是我们中国人民回报白求恩大夫故乡人民的时候了。"他自己被他这句话逗得大笑起来。我妻子终于沉不住气了。她用很平静的语气对我弟弟说,我们回到广州马上就会将那笔钱还给他。

另一次强烈的刺激来自最后与她母亲的分别。我们都没有想到在我们就要出门的时候,她母亲会突然抱着她放声大哭起来。"哭什么啊!"我妻子有点不耐烦地说。

她母亲哭得更伤心了。"我不知道这是不是我们的最后一次见面。"她说。

她的话吓得我出了一身冷汗。"怎么可以这么说!"我用责备的口气说。

"怎么不可以这么说?!"她母亲说,"我现在已经是过一天算一天的人了……"

"不要再说了。"我大声打断了她。我担心我妻子受不了这样的话。

"我偏要说。"她母亲接过我妻子递给她的纸巾,擦了擦眼睛之后接着说,"我当时就坚决反对你去移民。什么叫'为了孩子'?! 中国有这么多孩子,不都活得好好的吗?!"

我提示我妻子我们没有太多的时间了。

"你不知道你的决定给我和你父亲造成了多么大的伤害。"她母亲继续说,"他本来是不会走那么早的。"

我妻子拥抱了她一下,并且低声对她说我们要走了。

"你不知道我每天是多么寂寞。"她母亲继续说,"我根本就不愿意出门,不愿意见人。"

我妻子又对她说了一声我们要走了。

"我这样活着还不如死了。"她母亲继续说,"我肯定再也见不到你了。"

在去机场的出租车上,我妻子的脸开始一直都朝向窗外,我也一直都不敢说话。但是在出租车进入高速路之后,我妻子突然伸出手来抓住了我的手。"上次是为了奔丧回来的。"她用迷惘的语气说,"这次其实也一样。"

"不要这么说。"我激动地说。

我妻子沉默了一阵之后,将脸转过来对着我。"我再也不想回来了。"她低声说。

我不知道她是突然忘记了自己的现状还是有意想忘记自己的现状。我的眼眶湿了。我抓紧了她的手。"不要这么说。"我用更加激动的声音说。

希 拉 里 /

第一次看见希拉里和密和单独坐在一起,我的感觉非常复杂。我相信,那种感觉与密和看见我和希拉里单独坐在一起以及希拉里看见我和密和单独坐在一起时的感觉应该有一定的"家族相似性",但是我又肯定,它们之间存在着很大的差异,因为我看见的两方都与我有"特殊的关系",而希拉里和密和看见的只有一方(我)与她们有"特殊的关系"。我知道我无法避免她们的接近,尤其是在她们都向我坦白过她们的"发现"之后。从她们谈论那种"发现"的语气,我知道她们对她们看见的"另一方"都有强烈的好奇,也都有接近的欲望。但是,我真的对她们的接近有很多的顾虑。用一句话说,我感觉她们之间的接近会影响甚至妨碍我与她们彼此的接近。

我没有与她们打招呼。我快步走到自己的那一排鞋柜前。我背对着她们,动作很快地换好了鞋。离开服务站的时候,我意识到希拉里已经回到了她的位置上,也就是说,那两个神秘的女人已经没有"坐在一起"了。这并没有给我带来好情绪。我在热身的时候毫无兴致,去到海狸湖上之后,也没有愉快的感觉。希拉里很快也下到了海狸湖上。她站在那里,等我快溜到她跟前的时候,示意我停下来。"嫉妒是文学的养分,却是生活的毒液。"她用平静的语气说。

我幸亏还没有完全停稳。因为她的话更加刺激了我的情绪,我马上又开始加速。希拉里好像对我的反应有充分的准备。她紧跟着追了上来。"这已经不是我们的第一次交谈了。"她解释说,"她没有告诉过你?"

希拉里的话让我有点吃惊。我昨天和前天都见过密和,她没有与我谈起过她们已经相识的事。我的感觉突然变得更加复杂了。我甚至有了受欺骗的感觉。

"星期天我在超市遇见了她。"希拉里说,"她主动跟我打了招呼。"

密和的"主动"也让我有点吃惊。但是,我还是装作若无其事的样子。"她对你非常好奇。"我说。

"我也一样。"希拉里说,"第一次看见她,我就对她充满了好奇。"

"我觉得好像不一样。"我说,"她好像将你当成情敌,而你好像将她当成情人。"

希拉里显然不高兴我的这种说法。"她差不多都可以当我的女儿了。"她说。

这是希拉里唯一的一次比较清楚地暴露了她的年纪。我知道是我挑衅的说法让她出了这样的"差错"。我没有想到自己具备这样的能力,能够"惹急"一个如此戒备森严的人。我的情绪变得好起来了。我突然觉得自己已经能够正视希拉里和密和的接近。我甚至觉得她们的接近也许会有利于我对她们的了解,对我并不是什么坏事。"你们在一起谈论什么?"我好奇地问。

"什么都谈。"希拉里说,"甚至她写的故事。"她稍稍停顿了一下,接着说:"她比我想象的要开放得多。"

我也没有想到密和会对希拉里如此"开放"。我停下来,用惊讶的目光看着马上也跟着停了下来的希拉里。"她写的是什么故事?"我好奇地问。

"用她自己的话说,是一个'古老的爱情故事'。"希拉里说。

"真没有想到。"我说,"真没有想到她会对你这么'开放'。"

"现在知道《十四行诗》中前六分之五与后六分之一之间的微妙之处了吧。"希拉里得意地说,"同性之间可能会有更强的吸引力。这是违背科学的真理。"

我没有耐心去欣赏希拉里更多的警句了。"你也知道她的身份了吗?"我着急地问。

"她没有明确告诉我。"希拉里说,"但是我已经从我们的交谈中知道了。"

我兴奋地看着希拉里。"我也很想知道。"我急切地请求她马上告诉我。

没有想到希拉里会很严肃地拒绝我的请求。她说她已经仔细考虑过这件事了。她说她觉得这不能由她来告诉我,而应该由密和自己来告诉我。

希拉里这种神秘的态度又将我带进了刚才的那种复杂的感觉之中。这两个神秘的女人现在已经有了共同的秘密。她们现在对彼此的信任已经超过了对我的信任。我相信,因为她们彼此的这种接近,我对她们的好奇会更加强烈,我接近她们的冲动也会更加强烈,但是同时我们之间的隔膜也将会更加明显,我们的接近也将会更加困难。

现在回想起来,我意识到希拉里和密和已经相识的这一天不仅是我与她们关系的转折点,也是关于那个最奇特的冬天的故事的转折点。第二天的喧嚣和混乱就是这"转折点"留下的痕迹。

第二天天刚发亮,我就已经站在了海狸湖上。我故意提早这么长时间就是为了逃避那两个让我越来越困惑的神秘的女人:我想赶在她们出现之前就结束溜冰,迅速下山。

那是我第一次伴随着皇家山璀璨的日出享受溜冰的快乐。那是沁人心脾的快乐。我不时停下来,闭上双眼,面对着日出的方向,让绚丽的晨曦顷刻间穿透眼睑,好像照亮了我整个的生命。还有纯洁无比的空气和纯洁无比的宁静……从它们深深的寒意里,我触到的却是罕见的温情。这时候,我会听到从生命最深处发出的感恩。我感激命运的潮汐将我带到了如此奇特的世界和如此奇特的瞬间。我经常还会想起"王隐士"的第一个问题。我会想,"为什么我会站在这里"其实并不重要,"这是出于必然还是出于偶然"也并不重要,重要的是"我正站在这里"或者"我已经站在了这里"。

突然,我听到有人在叫我的名字。一个女人。我从来没有听到过自己的名字从那么远的地方传来。我从来没有听到过自己的名字在那么清新的空气和宁静中回荡。我感觉好像整个世界都在倾听,都在等待,都在为我而存在。我迅速转过身,顺着声音传来的方向望去。我看到了希拉里。她站在老榆树边兴奋地朝我挥舞着雪杖。面对这出其不意的场面,我也非常兴奋。我没有去想她为什么也会来这么早,也没有去想她是正要去滑雪还是已经滑雪回来。我更是完全忘记了自己要逃避她和密和的想法。我也兴奋地对她挥起了手。

希拉里从雪地上拿起滑雪板,将它们与雪杖一起塞进树洞里。然后,她直接抄近路,踩着很厚的积雪,摇摇晃晃地走到了海狸湖边。"你今天怎么会这么早?"她问。

"你呢?"我问。

"我不是想躲开你吗!"希拉里说。

"我也是啊。"我说。

希拉里的脸上出现了罕见的笑容。接着,她转过身去,指着老榆树方向说:"那是我的天然储藏室。整个冬天我都会将滑雪板存放在那里。"

我没有表现出我早已经知道了她的这个秘密,而是装出很吃惊的样子,问她是怎么找到那个"天然储藏室"的。"这与你的导师应该没有什么关系吧。"我玩笑着补充说。

希拉里没有将我的话当成玩笑。"也可以说有关系。"她认真地说,"因为人与自然事物之间其实有很多的相似之处。"

我并没有觉得这种说法有什么特别。"我们的道家也是这么看的。"我说。

"树和树之间也会有复杂的情感关系。"希拉里接着说,"它们之间也会有暗恋,它们之间还会有嫉妒。"

她又提到了嫉妒!我的心抽搐了一下。我突然觉得希拉里不是在说"树",而是在说"人",甚至是在说"我"。我尴尬地看了一下手表。我意识到密和马上就要出现了。我不想又被她"看到"。我不想又引起她的嫉妒。

这时候,希拉里抬起头来,好像听到了什么。"你听到了吗?"她问。

我听了一阵,也隐隐约约听到了一阵有节奏地敲击木头的声音。

"啄木鸟。"希拉里温情地说。

"啄木鸟?"我兴奋地问,"这么寒冷的季节还会有啄木鸟?"那有节奏的敲击声听得更加清晰了,它好像就来自丛林的深处。

"啄木鸟是不会离开的,因为它很孤独。它总是独来独往。"希拉里说,"它也许是皇家山上最孤独的生命。"

"从这声音就能够听出来。"我说,"我还是第一次听到这么'空'的声音。"

希拉里又听了一阵。接着,她还是用温情的声音说:"我相信它熟悉这里的每一棵树。"

希拉里还从来没有在我面前显露过这样的温情。我能感觉到她对啄木鸟的特殊的亲近。我望了一眼丛林的方向。"我还从来没有看见过啄木鸟呢。"我用充满向往的声音说。

希拉里很认真地看着我,突然又说出了一句我将终生难忘的话。"我就是一只啄木鸟。"她很认真地说。

这奇特的隐喻一下子就扫除了昨天开始的隔阂。我又回到了我强烈的好奇之中,我又回到了我们"特殊的关系"之中。我看着我一生中第一次看见的"啄木鸟",我更加清楚地看到了她的孤独,我也更加清楚地知道了她对丛林的熟悉。毫无疑问,正是这孤独和熟悉让希拉里发现了那"天然储藏室"。

就在这时候,希拉里突然转换话题,提到了距离城市大约一百五十公里处的那个著名的滑雪胜地。她问我去过那里没有。我说没有去过。她又问我想不想去那里。我以前从来没有想过,但是我却回答说我想。她接着说,她在那里有一套小房子,每个季节都会去那里住一段时间。"不过从去年秋天开始,我就不敢单独去了。"她说。

"为什么?"我问。这"不敢单独"与啄木鸟的性格很不一致。

"我怕出事。"她说。

"出事?"我紧张地问,"出什么事?"

希拉里没有回答我的问题,而是问了我一个问题,一个我意想不到的问题,一个令我不知所措的问题。"你能陪我一起去吗?"她问。

我不知道这是邀请还是恳求。刹那间,四种互相矛盾的情绪同时出现:我激动、我羞涩、我恐慌、我内疚。我激动和羞涩是因为我从来没有单独与我妻子之外的异性"一起"去过一个陌生的地方,而且这是一个异族的异性,而且这是一个激起了我强烈好奇的异族的异性。我恐慌和内疚是因为我马上想到了另一个同样激起了我强烈好奇的异性,如果知道我接受了这样的邀请或者恳求,如果知道我和希拉里的关系变得更加"特殊",密和会有什么反应呢?

我又激动又羞涩又恐慌又内疚……在这混乱的情绪里,来自我身体内部的声音其实非常清晰:它说"不能去",它说"不要去"。我听到了它,很清楚地听到了它,但是,就像那一次从张家界回到广州一样,我选择的却又是相反的方向。"什么时候?"我问。

"马上。"她说。

"马上?"我不相信希拉里会作出这样的决定。

"不要以为这是一时的冲动。"她说,"我早就想到你了。我们开始读《十四行诗》的那天就想到了。"

我又听到了来自身体内部的那个声音。"我还需要考虑一下。"我说。

"还需要考虑什么?"她问。

我不知道。我不知道。我尴尬地看着她,同时用冰刀的尖头在冰面上重重地踢了两下。

希拉里重复了一遍她的问题。

我迟疑了一下,问:"我们怎么去?"就好像我已经接受了她的邀请或者恳求。

"我想最好是坐火车去。"希拉里说。

这也是令我激动的想法。但是,我还是不想"马上"去。我说我昨天晚上没有睡好,现在感觉很累。我说我需要先回家去睡一下,再决定能不能跟她"一起"去。

"那我们就坐最后一班车去。"希拉里说。她的语气那么肯定,就好像我已经接受了她的邀请或者恳求。

我为自己被步步紧逼而不安。但是,我却并没有像"王隐士"说的那样逃脱。"我要做什么准备呢?"我接着问。

"带上三天的换洗衣服就可以了。"希拉里说,"当然,别忘了《十四行诗》。"

"三天?!"我不安地重复了一遍她说出的时间。它长得超出了我的想象。

希拉里注意到了我的不安。"我一般都会去住三四天。"她稍稍停顿了一下,接着说:"我们可以利用这三天将《十四行诗》读完啊。"说完,她不由分说地约我下午五点半钟在中心车站里的星巴克汇合。

我很激动,又很恐慌。看着希拉里远去的背影,我的身体又开始冒汗。我完全不知道这邀请或者恳求意味着什么。许多的疑问开始在我的脑海中翻腾:她会出什么事?难道有我陪在身边,她就不会出事?除了保证她不出事,我还会被要求做什么其他的事?我当然没有心思也没有时间再溜下去了。我想避开密和。我不想她看出我的激动和我的恐慌。我很快换好了鞋。

下山的路上,我的身体还在不停地冒着冷汗。越来越多的疑问出现在我的头脑中。这一个多月以来,我对希拉里已经有许多的了解了,按照密和的说法,我们已经有了"特殊的关系",但是,我连一个最基本的问题都无法回答:她到底是谁?就像密和一样,我一开始就感觉到她是一个"病人",但是,她到底患有什么"病"?她的"病"与她会出的事有没有什么联系?还有,她的小房子到底有多小?还有,她会安排我睡在小房子的什么位置?想着想着,我的情绪发生了奇特的变化。羞涩没有了,内疚也没有了,恐慌变成了不断膨胀的恐惧,最后完全压倒了那一点残存的激动。翻腾在脑海中的疑问越来越恐怖,我甚至想到了我自己的生命安全:我自己会不会出事呢?或者我会不会跟着这个谜一样的女人一起出事呢?……我想到了应该给我女儿打一个电话,听听她的意见。但是,我马上又想到她已经不接我的电话了。我没有太伤感。因为我知道哪怕是她接了,我也不知道怎么向她开口。难道我敢告诉她,我准备与一个刚在海狸湖边认识的陌生女人去她的村舍里小住三天?难道我敢告诉她,那个女人邀请我去的原因是她怕自己单独去那里会要"出事"?难道我敢告诉她,我现在充满了恐惧,因为我担心我自己也会"出事"?我知道,不管我说什么,她的反应都一定是对我的嘲笑甚至羞辱。

但是,我的确充满了恐惧。如果真的出了事怎么办?我必须向我在这座城市里唯一的亲人作一个交代。回到家里,我首先将一些重要的文件和证件清理出来统一放入一个大信封,放在书桌上。然后,我打开电脑,给我女儿写了一个邮件(有一刹那,我想到这简短的邮件说不定就成了我的"遗言")。我告诉她,我决定去那个著名的滑雪胜地滑雪三天。我说我对自己的身体状况没有把握。如果三天之后,她没有收到我平安回家的邮件,请一定要回家来查看。

将近中午的时候,我将剩下的那一块熏鱼切碎,炒了一碗鸡蛋熏鱼饭。我很快地吃完饭后,感觉肠胃很不舒服,决定到楼下去散散步。可是刚走出公寓的大门,我就遇见了那位很爱说话的台湾邻居。她用很惊讶的口气问我的脸色为什么那么不好。我敷衍她说,昨天一直在看她向我推荐过多次的韩剧,很晚才上床睡觉。她批评我不应该这样不节制。她接着说,到了我这个年纪一定要学会养生了,再着迷的事情都不能太沉迷。她接着又告诉我,我们大楼里上星期死了两位邻居,其中一位比我还年轻。她感叹说生和死其实就是刹那间的事。她显然是随意说出的这些话好像有很强的针对性,让我对即将开始的旅行更加恐惧。

我带着越来越深的恐惧绕大楼随便走了两圈就回家了。我很快地收拾好行李之后,又打开电脑,想查看我女儿是否回复了我的邮件。在关机的时候我安慰自己说她当然不可能这么快就回复。但是,我相信她已经看到了我的"交代"。这"相信"带给我淡淡的安慰。然后,我很严肃地在床上躺下。我想好好地睡一觉。我必须好好地睡一觉。我没有想到我很快就睡着了。我更没有想到我最后会被我妻子惊醒。这是她去世之后第一次出现在我的梦里。她披着一块白色的薄纱,合着一首不断重复又不断加强的旋律,从很深的景深里走过来。看着她的身影越来越近和越来越大,我越来越恐惧。非常神奇的是,在音乐戛然而止的时刻,她正好站到了我的床边,就好像是经过了排演一样。我马上就透过飘荡的薄纱看到了她挺拔的乳头和浓密的阴毛。但是,真正抓住我的却是她死气沉沉的面孔和杀气腾腾的目光。我不知道她想干什么。我不敢问她想干什么。就在我想逃离那面孔和目光的时候,她嘴唇的张合引起了我的注意。她正在说话!但是,我听不到她发出的声音。我继续盯着她的嘴唇。我意识到她是在重复同一句话。突然,我听清楚了。接着,她又用更大的音量重复了一遍。她不断地重复,音量一次强过一次,就像刚才的旋律:"我不会放过你。我不会放过你。我不会放过你……"她的音量不断增强,直到振聋发聩的地步,直到最后戛然而止。

我是被那恐怖的戛然而止惊醒的。我很少在午睡的时候做梦,也从来没有做过如此奇怪的梦。在惊醒的时刻,我抚摸着布满全身的汗水,马上就对这奇怪的梦作出了解释。就像来自我身体最深处的那个声音一样,它是对我发出的警告,它是对正在等待着我的旅行发出的警告。我马上就没有犹豫了。我马上就没有恐惧了。我看了一眼床头柜上的闹钟。我开始想干脆就不去赴约。但是,我马上又想起我妻子关于我"不负责任"的责难。我迅速坐起来,迅速冲完凉,迅速出了门。

我要当面告诉希拉里,我不能去。我甚至应该告诉她,我做了一个很恐怖的梦,劝她也不要去。

我提早十分钟到达了中心车站里的星巴克。我找到一个门边的座位坐下,一边随意地翻读着《十四行诗》,一边认真地设想着与希拉里的对话。突然,一个女人用普通话催促一个男人的声音打断了我的思绪。我看了一眼车站里大屏幕上的时间,希拉里与我约好的时间已经过去五分钟了。我不安地打量着朝着不同方向走动的旅客,突然想起"王隐士"关于生活的全景的说法。我相信,真正看到了生活的全景的人一定会从这无数的"不同方向"感觉到生活的荒诞。

十五分钟过去了。我开始有点着急。又过了五分钟。我开始有点焦躁。我决定再多等半个小时。那是越来越焦躁的半个小时。她为什么还没有出现?她会不会已经出了事?她到底会出什么事?……那是头脑一片混乱的半个小时。等它过去之后,我站起来,站到了咖啡馆的门口。我还是有点不死心,决定再多等十分钟,然后,才充满疑惑地离开了中心车站。

在回家的公共汽车上,我的身体和精神都感觉到了极度的疲惫。我终于没有出发,这对我是一次精神上的胜利。但是,这胜利又给我带来了更多的疑惑。希拉里总是给我带来"更多"的疑惑。想想看,在这短短的十二个小时之内,她就用清早的请求和傍晚的失约两次将我推进疑惑的深渊,让我恐惧,让我焦虑,让我极度疲惫……这也许就是我们关系的"特殊"之处。在大楼的电梯里,我想的是进门之后一头就栽倒到床上。可是在开门的时候,我突然想到了我女儿。我觉得应该马上告诉她我已经取消原来的安排,免得她为我担心。我顶着疲劳打开了电脑。我当然还是有点想看到她给我上午那个邮件的回复。我没有看到。但是,我却看到了希拉里的邮件。那是她下午就已经写来的邮件。如果我在去中心车站之前查看一下电脑,我就会看到这个邮件。

在邮件里,希拉里告诉我她刚刚决定取消我们的安排。她没有给出取消的理由。她接着告诉我,她晚上十一点钟会在海狸湖边。但是,她并没有邀请或者恳求我去那里见她。我反复读着我错过了一半的邮件。根据邮件抵达的时间推断,希拉里几乎是在我收到噩梦的警告,决定"不去"的同时作出"取消"的决定的。这不可思议的"同时"又是出于必然还是出于偶然?

我没有想到希拉里在这么短的时间里还会第三次将我推进疑惑的深渊。她为什么会突然取消我们的安排?她为什么不给出取消的原因?她为什么会那么晚去海狸湖边?她为什么没有向我发出请求或者邀请?我衣服都没有脱就在床上躺下了。我的身心已经感觉极度疲惫,迫切需要休息。但是,不断涌现的疑惑却让我的大脑极度亢奋。从九点四十分开始,我不停地查看时间,就像傍晚的时候在中心车站里一样。在十点二十分,我终于无法再忍受自己的犹豫了。我起来查看了一下电脑,没有见到希拉里新的邮件。这就是说,她"十一点钟会在海狸湖边"的计划应该没有改变。

我从来没有那么晚上过皇家山。我也没有想到深夜的皇家山会与清早的皇家山带给我类似的感觉。它们都是那么纯净,都是那么宁静,都激起我深深的感激。我走近月光下的海狸湖。我走近月光下的希拉里。"我以为我不会来。"我低声说。

"我知道你会来。"希拉里说。

"又是因为你的导师?"我半开玩笑似的说。

"不,"希拉里说,"是这音乐。"说着,她将一侧的耳塞递给了我。

那音乐立刻就将我吓出了一身冷汗。我紧张地将耳塞揪下来,用颤抖的声音问:"这是怎么回事?"

"拉威尔的《包列罗舞曲》。"希拉里说,"你不喜欢吗?"

我努力让自己的情绪稳定下来之后,说:"我没有想到会有这样的巧合。"

"什么巧合?"希拉里问。

我当然不可能告诉她下午做的那个噩梦。但是,我很想知道为什么会有这样的巧合。

"你以前听过这首乐曲吗?"希拉里接着问。

"我只在梦里听到过。"我说。我很想知道那个噩梦怎么会与现实相距如此地近。

希拉里当然不可能理解我这句话的意思。她还是面对着海狸湖。"那一定是你的幻觉。"她用迷惘的声音说。

我不想反驳她。我也不相信她能够解释噩梦与现实之间的巧合。我稍稍停顿了一下,问她是怎么从这乐曲里知道我会来的。

"同一个旋律,从听觉够不到的音量开始,不断地重复,不断地放大,最后到了振聋发聩的程度……它让我看到了你。我看到你从月光的深处走来,越走越近,越来越大。"

我很想知道我的噩梦与希拉里的现实为什么相距如此地近。

"我现在听的是切里巴达克一九七一年指挥的版本。他是我最着迷的指挥家。"希拉里说,"一个完美主义者,一个神秘主义者……一个极致和孤独的艺术家。"她看了我一眼,接着说,"极致的孤独才是真正的孤独,孤独的极致才是真正的极致。"

我还是没有勇气再将耳塞重新塞到耳孔里。我甚至不想再去感叹噩梦与现实之间如此神奇的联系。

希拉里也没有再勉强我。她将耳塞收好之后,建议我们一起往观景台的方向走。我望了一眼深蓝的天空和皎洁的圆月,心中又荡漾起了深深的惬意和感激。

我们一起朝观景台的方向走去。我以为她首先会向我解释取消计划的原因。没有想到她问的是另外的问题。"你喜欢这里的冬天吗?"她问。

我想了一下,说:"我喜欢这个冬天。"

希拉里侧过脸来看了我一眼,好像很欣赏我的说法。"很多人都说蒙特利尔除了冬天之外什么都好。"她说,"而我最喜欢的就是蒙特利尔的冬天。"

怎么我的生活中会突然出现这么多喜欢冬天的女人? 而且她们喜欢冬天的理由都很奇怪。那个将我重新带上皇家山的韩国学生喜欢冬天是因为她父亲的演奏和维瓦尔第的音乐。而密和喜欢冬天是因为"冬天是播种的季节"。"你为什么喜欢蒙特利尔的冬天呢?"我问。

"因为它能够将我们带进极致和孤独。"她说。

"就像你着迷的指挥一样。"我说。

"当然还有雪,能够掩盖一切丑恶的雪,能够掩盖一切伤害的雪。"她说,"就像乔伊斯在《死者》的最后写到的那样。"

我没有读过希拉里提到的那篇小说,但是她前面的一句话还是给了我强烈的冲击。特别是她第一次提到了"伤害"。我感觉她不是在泛指,而是在特指,特指她自己受到过的伤害。

我的感觉没有错。希拉里果然紧接着就谈起了她"最黑暗的记忆",她说她的一生其实就是由两段"最黑暗的记忆"构成的。她说"最黑暗的记忆"其实是不管多厚的雪都无法掩盖的。她关于她父亲的记忆就是她"最黑暗的记忆"之一。她说她的父亲曾经是一个很快乐的孩子。但是,择业和婚姻的不幸改变了他的性格和命运。他从小就对美术非常着迷,很想成为一个艺术家。可是他的父亲逼着他去学习法律。在刚进大学的那一段时间,他曾经极为消沉,不仅对学业毫无兴趣,对生活也失去了信心。但是有一天,他听一位法学史的教授谈起康定斯基的经历,精神为之一振。他决定效仿那位天才的前辈。他很快就变成了成绩最优异的学生。取得博士学位之后,他加入一位表兄开的律师事务所,并且很快就成为受理产权法的著名律师。包括他父亲在内的所有人都以为他已经成功地实现了自己的理想。他们都不知道这只是他为自己一生中伟大的时刻所做的准备。他正在等待着自己三十岁生日的到来,他决定在那一天效仿自己天才的前辈抛弃全部合"法"的成功,走上通向不朽的道路。

但是,婚姻的不幸让他没有能够完成他的效仿。希拉里说她母亲是她爷爷最好的朋友的女儿。双方的家长早就应该看出两个孩子性格的不合,但是为了他们自己的友谊,他们坚持包办了他们孩子的婚姻。希拉里说她是在父母的争吵声中长大的。他们每天都要争吵,为重如泰山的大事争吵(比如格瓦拉到底是不是"最完美的人",比如美国应不应该出兵巴拿马),也为轻如鸿毛的小事争吵(比如厨房里的地面应该一天清洗两次还是两天清洗一次,比如牛排应该烤到全熟还是不应该烤到全熟)。当她父亲在三十岁生日那天早上庄严地宣布自己将辞掉律师事务所的工作,去报考巴黎美术学院的时候,还没有听完他的宣布,她母亲就已经晕倒在地。

希拉里的父亲没有走出他天才的前辈走出的那伟大的一步。这就是他每次看到康定斯基的作品都会流泪的原因。这也是他从此变得郁郁寡欢的原因。这也是他从此变得不愿意回家的原因。

他将精力全都用在了工作上。这让他的事业更加成功。这当然也让他更加痛苦。希拉里是他唯一愿意交谈的亲人。而他们最经常的话题就是如何择业和怎样择偶。他告诉希拉里,他一生中遇见的人可以简单地分为两类:一类是没有从事自己梦想和喜欢的事业的人,一类是从事了自己喜欢和梦想的事业的人。他说他发现前一类人中有不少人都活得很不快乐,都后悔自己的选择,尽管他们取得了很大甚至巨大的成功;而他却从来没有听到过后一类人的抱怨和后悔,哪怕他们的生活过得非常清贫。关于婚姻的问题,他的主要观点是人不可能因为婚姻而改变。因此,婚姻稳定的程度取决于双方品性和志趣上一致的程度。他还说这种一致最低的表现是一方对另一方的欣赏,而最高的表现就是双方的互相欣赏。希拉里说从她父亲在谈论这些问题时的眼神中她其实早就看到了他灵魂深处的黑洞。

　　她父母在她进大学之后就离婚了。之后不久,她父亲就关掉了他非常成功的律师事务所。他在那个著名的滑雪胜地买了一套小房子,在那里过起了隐居的生活。希拉里说她每个月都会去看望她父亲。她知道他每天都在画画,也就是在做他一生中最想做的事情。可是,从他的作品里,她知道他一点都不快乐。她没有能够成功地将他带离他灵魂深处的黑洞。在她举办结婚仪式的前两天,他用一瓶安眠药结束了自己的生命。希拉里说直到二十年之后才知道她父亲为什么要选择在她结婚仪式之前结束自己的生命。他说他是想"阻止"她进入他预感不妙的婚姻。

　　我注意到希拉里在说到他父亲在那个著名的滑雪胜地买了一套小房子的时候稍稍犹豫了一下。

　　我相信那就是她清早的时候邀请或者恳求我陪她一起去度假的地方,或者说那就是我们本来此刻应该呆在一起的地方。但是,我没有去多想,因为我完全被希拉里"最黑暗的记忆"抓住了。

　　我在想这种记忆与她的"病"到底有什么关系。

　　我们最后在服务站的门口分手。我感谢希拉里将我带进了皇家山的深夜以及她个人生活的深处。我告诉她,这是我十五年移民生活里最奇特的夜晚。

　　"你刚才说你喜欢'这个冬天'。"希拉里说,"对我说,这也是最奇特的冬天。"

"我在第一天的清晨就看到了你。"我说。

"那也是我这个冬天的第一次上山。"希拉里说,"你一走进服务站我就有强烈的感觉。"

她的话让我非常吃惊。我还清楚地记得那一天的情况。"我还以为你没有任何反应。"我充满疑惑地说。

"我是一个能够看到生活全景的人。"她说,"我甚至早就看到了这个夜晚。"说着,她慢慢地将脸贴近了我的脸。

我没有后退。我轻轻地闭上了眼睛。她冰凉的嘴唇贴近了我冰凉的嘴唇,触到了我冰凉的嘴唇,压紧了我冰凉的嘴唇……她紧紧地抱住了我。我紧紧地抱住了她。她的体味和激情顿时唤醒了我已经沉睡多年的欲望。我完全没有想到在零下二十度的严寒里自己还能感受身体的强悍,还能重温生命的快感。

我们的嘴唇一直到我们都感觉透不过气来的时候才分开。然后,我们都仰头朝向深蓝的天空,恢复自己的呼吸。

"谢谢你。"我低声对着深蓝的天空说。

希拉里伸出手来,将我的脸捧到她的面前。接着,她用冰凉的嘴唇在我冰凉的额头上亲了一下。"我早就看到了这个夜晚。"她说完,转过身去,骑上了她停放在服务站门边的自行车。

我问她这么晚在外面骑车有没有关系。她说她经常在这种时候出门,没有关系。我看着她的背影在黑暗中消失,突然想起了第一天在山上看着她的背影渐行渐远的感觉。我对这一个多月的时间里生活神奇的涌现充满了感激。我一路奔跑着下山。我一路泪流满面。

回到家里,我才对刚才在皇家山上经历的寒冷有所认识。我用很热的水冲完凉之后,身体还在感觉到冷。我在被子里躺了很久之后,身体还在感觉到冷。我就在这种冷的感觉中与希拉里一起走进了她在滑雪胜地的小房子。它让我想起很多年前在影片《日瓦戈医生》里看到过的劳拉与日瓦戈生活过的那座冰天雪地里的小木屋。我们背靠着背坐在壁炉前。我们翻开了《十四行诗》。希拉里要我跟着她读一下第40首和第144首的开头。首先我们读了三遍第40首的开头:"拿走我全部的爱吧,我的爱人,全部拿走。"这是诗人写给他的同性的爱人的句子。然后我们读了三遍第144首的开头:"我有两种爱,一种是安慰之爱,一种是绝望之爱。"这是诗人写给黑女士的句子。"从这里可以看出诗人的激进和困惑。"希拉里说,"毫无疑问,他的两个不同性别的爱人都没有能够满足他对爱的狂热。"

我没有心思去欣赏她的讲解。窗外的风声令我感到恐惧。

"你有点走神。"希拉里说。

我看了她一眼,注意力却还是集中在窗外。"会出什么事?"我问。

"最大的危险不在外面。"希拉里说,"最大的危险总是在里面,在内心的深处。"

我的注意力集中到了她的身上。我的目光充满了恐惧。

"你知道吗,我是一个病人。"希拉里说。

我装出吃惊的样子,好像是刚刚知道。

"我一直在吃药。"希拉里说。

我也不想让她看出我已经知道这一点。

"最近这一段时间,我的睡眠更差了。"希拉里说。

"应该会有很多办法的。"我说。但是,我不敢特别强调说可以试一试中医。我不敢去触碰她对"中国"的敏感。

"我经常会睡一两个小时就突然惊醒,然后就再也睡不着了。"希拉里,"有时候,我就干脆起来去爬皇家山。"

"应该会有很多办法的。"我重复说着,抓住了她的手。

"我总是想起我的父亲。"希拉里说,"我相信我会像他那样……"

她的话让我全身颤抖了一下。我抱紧了她。"不要这样。"我低声说。

"其实从他离开的那一天开始,我就知道了自己的结局。"希拉里说。

"不会的。"我着急地说,"不会的。"

希拉里也抱紧了我。"你知道吗,"她说,"我已经死过三次了。"

我没有想到她已经走进了那么深的黑暗。我将脸紧贴到她松软的头发上。我想用我的关切来消除她内心的黑暗。就在这时候,我突然看到了从几乎被积雪堵死的小窗外射进来的两道杀气腾腾的目光。天啊,她跟着我们一起来了!我惊恐万状地推开了希拉里。她马上也将脸转向了小窗。"一只狼。"她平静地说,"一只孤独的狼。"

密 和 /

经过一个如此奇特的日子,我和希拉里的关系肯定会发生改变。现在,我不仅确认了她是一个"病人",还知道了她是一个已经死过的人以及她是一个随时都会死去的人。在最孤独绝望的时候,我自己也想到过"要离开这个世界",但那只是冲动的想法,而对希拉里来说,那却是无法消除的症状。死亡将我带进了她生活的黑暗和她生命的黑暗,为我打开了一个更加神秘的世界。我想这就是她为什么在月光下比在日光下显得更加耀眼的原因。我想这也是她为什么在梦幻中比在现实中更加迷人的原因。当然,随之而来的是更多的疑惑:她为什么会取消她在清早的时候还那么执着的安排呢?她为什么不解释她取消的原因呢?她的取消与我的放弃有没有什么关联呢?她着迷的音乐为什么会进入我的噩梦呢?

经过一个如此奇特的日子,我和皇家山的关系也肯定会发生改变。我从来没有在深夜里走进过皇家山。我更没有想到在皇家山深夜的严寒中,我能够重温身体的强悍和生命的快感。我知道我从此会用完全不同的目光注视皇家山的一切。我知道我会不断思念那深蓝的天空和皎洁的圆月。我知道我会不断思念冰凉的嘴唇与冰凉的嘴唇磨砺出来的激情。

经过一个如此奇特的日子,我和我妻子的关系也肯定会发生改变。她终于逃脱了死亡的囚禁,重新回到了我的梦里。但是,她为什么会带着那么深的怨恨和杀气,就像一个追债人,就像一个复仇者?我有强烈的预感,她"不会放过"我,她还会不断出现,出现在我的噩梦里,甚至出现在我的现实中。

经过一个如此奇特的日子,我和密和的关系也肯定会发生改变。在流着眼泪往家里奔跑的路上,我就已经想到了这一点。我相信不管我掩饰得多么成功,密和一定能够马上嗅到我与希拉里和皇家山的关系都已经发生改变,因此我与她的关系也将发生改变。我只希望她不会用直接或者暧昧的方式挑战我的隐私,让我难堪,让我不安,让我失去对她的兴趣和好奇。

我一直到下午一点钟才醒过来。醒来后,我还是感觉头昏脑涨。我坚持着打开电脑,看是否有希拉里的邮件。我想读到她关于我们深夜激情会面的评价或者哪怕是她平安到家的消息。我并没有因为没有而失望。我犹豫了一下,也没有主动写下我自己的感想和感激。

第二天我走进服务站的时候既没有看见密和,也没有看见希拉里。而且我注意到密和也没有在海狸湖边。我的感觉松弛了许多。我换好鞋之后,没有去小溜冰场上热身,而是直接下到了海狸湖上。我没有想到刚溜半圈,在溜到湖面的那个拐角时,会看到密和。我开始有点紧张,以为她是想躲避我,才会躲到那个从服务站和小溜冰场方向都看不到的角落。但是,我注意到她的电动轮椅并没有停下来。她好像是在沿着湖边寻找什么。我主动喊了她一声。她的反应比我习惯的要冷淡许多。我怀疑她已经知道了深夜里在皇家山上发生的事情,不敢像平常那样接近她。但是,我也不敢故意躲开她,那样一定会引起她的怀疑。我保持着与她相似的节奏走了一段之后,问她在寻找什么。

密和没有回答我的问题。她继续慢慢移动着电动轮椅。她两次将电动轮椅移到了湖岸的最边上,探着身体往湖面上看。

我突然看清了她的意图。"你想到湖面上来吗?"我问。

密和黝黑的脸涨红了。她点了点头。

我告诉她这一侧湖边的积雪不够结实,要想乘电动轮椅下到湖面,只能沿着湖边的小道绕到湖的另一侧,从那个供冰场护理车使用的坡道下来。她马上就掉转了方向。我直接溜到了坡道边等着她过来。

刚下到湖面上,密和的脸上就出现了惊诧不已的表情。她环视了一下四周,感叹说:"这跟坐在湖边看的感觉完全不同。"

她的感叹让我突然意识到她一定看见过我和希拉里一起在湖面上溜冰。我相信她一看见那样的场面就产生了要下到湖面上来的冲动。一阵夹带着强烈内疚的感动涌上我的心头。"我来推你吧,"我说,"就像我们在一起溜冰一样。"

密和回过头来用会意的目光看着我,点了点头。

我推着电动轮椅溜了起来。那神奇的感觉激起了我更深的感动。

密和显然也非常感动。她又回头看了我一眼,目光里充满了对亲密的感激。

我微微地俯下身去。我想更靠近她的头顶。我想更靠近她的气息。我想起第一天远远地看着她的情形。那时候,我绝对不可能想到自己会在"不久的将来"从一个如此特殊的角度靠近她。这奇特的冬天!这最奇特的冬天!对我来说,密和仍然是一个身份不明的异性,仍然是一个深不可测的谜。但是,我同时又已经能够清晰地感觉到我对她的需要和她对我的需要。我激动地盯着她的头顶。我感觉就像她刚才的目光一样,它在用它的骚动对我发出温情的邀请,邀请我与她一起去体会像皇家山的冬天一样纯净的亲密。我又将身体再俯下了一点,直到我的脸已经碰到了她被风吹起的发梢。这时候,我听见了她好像是自言自语的声音:"他们也一起溜过一次冰。"我马上伸直了腰。"他们是谁?"我有点紧张地问。

密和又回过头看了我一眼。这一次她的目光里带着很深的迷惘。"对不起。"她说,"那已经是很久以前的事了。"

我松了一口气。我不希望她想到的是希拉里和我。"那是记忆还是想象?"我好奇地问。

密和轻轻地叹了一口气。"我也说不清楚。"她说,"这一段时间,我总是混淆记忆和想象。"

我推着密和沿着海狸湖的边缘溜了一圈之后,将她推到了湖面的中心,面对着日出的方向。然后,我转到前方,面对着她。

密和闭起眼睛,将双手伸向空中,做出很满足的样子。然后,她睁开眼睛,看着我。我以为她会马上评价我们的第一次溜冰。没有想到,她又问了我一个奇怪的问题:"你去过密云水库吗?"

"你怎么连密云水库都知道?"我吃惊地问。她对北京的知识和兴趣还在不断强化我对她的好奇。

密和的脸上立刻出现了淡淡的忧伤。"我当然会知道。"她说着,又重复了一遍她的问题。

又是"当然",我心想,又是我也许永远都不可能知道的"当然"。我无聊地慢慢倒滑了一小圈之后,又站到了她的面前,回答说我去过,不过那已经是三十年前的事了,在我读大学的时候。她接着问我是什么季节去的。我说是夏天。我注意到这不是她想要的答案。我想起她关于一九七四年的冬天的问题,问她是不是希望我也是冬天去的那里。她没有回答。她接着问我是怎么去的。我说是跟着两个同学一起骑车去的。我看到她的眼睛一亮。我的这一回答显然是吻合了她的兴趣。她接着问我骑了多长的时间。我开始说好像骑了五个多小时。她不满意我说的"好像",也不满意我说的"五个多小时",她要我说得精确一点。我不知道她为什么会在这个细节上有如此精准的要求。我已经记不清楚了。我只好说是六个小时。我接着还补充说我们是在睡过午觉之后出发的,到那里的时候,天已经完全黑了。她又问我们看到密云水库有什么感觉。我说我们都感觉它比我们想象的要大得多。她又问我们是在哪里过的夜。我告诉她是在水库边的一片树林里。我接着还随意地补充说在半夜的时候,我们还下到水库里面去游了泳。

我没有想到这随意的补充会给密和带来那么剧烈的冲击。"你说什么?!"她用难以置信的声音说,"你在密云水库里面游过泳?!"

"是的。"我说,"在半夜的时候。"

"就是说你的身体接触过密云水库的水?!"她还是用难以置信的声音说。

我不理解她为什么会作出这么愚蠢的解释:既然我在那里游过泳,我的身体当然接触过那里的水。"当然。"我说。

密和直直地盯着我,好像我是她从来没有见过却又一直都在盼望着见到的人。

我有点羞涩,又有点紧张。我能够感觉到她马上就会对我提出非常特殊的要求。

"我能摸一下你的手吗?"她用很诚挚的声音问。

我没有想到是如此特殊的要求。我更加羞涩,也更加紧张。我脱去右手的手套,将手伸向密和。同时,我抬头望了一眼远处的那棵老榆树,希望希拉里不要突然在那里出现。

密和激动地盯着我的手。我不知道应该将手心朝向她还是将手背朝向她,生硬地变换了两次之后,还是将手背朝向了她。她也脱去了右手的手套,用全部的指尖在我的手背上抚摸了三下。"那里的水是什么感觉?"她低声问道,就好像是在问我的手背。

这是太笼统的问题,我不知道应该怎么回答。

她抬起头来看着我,继续问:"那里的水很凉吗?"

"因为已经是深夜了,当然感觉有点凉。"我说。

"如果是在快到清明节的时候呢?"密和问,"在那时候的深夜呢?"

"那就不是凉了。"我说,"那应该是冰凉了。"

我的话音刚落,密和就激动地用深红色的围巾捂住脸,抽泣了起来。

她的反应让我有点不知所措。"怎么了?"我问,"我说错了什么吗?"

她还是继续抽泣着,没有回答我的问题。

我跪到冰面上,想靠近她低埋在围巾里的脸。

"你这是怎么了?"我用尽可能平静的声音问。

密和还是激烈地抽泣着。我感觉整个皇家山都在回荡着她的忧伤。可是这忧伤来自何处啊?我不知道。我想知道。我将脸贴近了她深埋在围巾里的脸。"怎么了?"我着急地问,"这是怎么了?"

密和将头更深地埋进了围巾里。她哭得更加伤心了。

我抚摸着她的肩膀。我不知道要怎样让她平静下来。

这时候,密和问了一句令我费解又恐惧的话。"你为什么要那样?"她问,"你为什么要那样?"她的头还是深埋在围巾里。她还是在激烈地抽泣着。

我?为"什么"?哪样?我不知道密和这是什么意思。我非常恐惧。"我做错了什么吗?"我用充满内疚的声音说,"告诉我啊,你告诉我啊!"

密和抬起头,用布满泪水的眼睛看着我。她好像想说什么,但是她突然按下了电动轮椅的按钮。我仍然跪在冰面上。我看着电动轮椅缓慢地驶上了坡道。我看着电动轮椅沿着湖边的小路朝着停车场的方向驶去。她这是怎么了?她这是怎么了?我做错了什么?我刚才做错了什么,还是我三十年前做错了什么?……她让我充满了疑惑。

我这时候才意识到自己差不多还没有正式开始溜冰呢。我从冰面上站起来。溜了一小段之后，我发现自己完全没在状态。翻腾在我的脑海里的全都是关于密和的疑惑。而更让我不安的是，我突然意识到她最后的那个问题里的"你"不是跪在她面前的我，而是一个不在她面前的人，或者一个以另一种特别的形式存在于她面前的人。他是谁？他与密云水库有什么关系？这时候，我又突然意识到在这个最奇特的冬天里，密和关于北京的所有问题实际上并不是与她的想象有关，而是与她的记忆有关，可那又肯定不是她自己的记忆，那是她必须通过想象才能够达到的记忆。这是为什么？这是为什么？

整个上午，我都处于焦躁不安的状态。我不仅在为密和担心，也在为希拉里着急。我首先查看了一下邮件：还是没有希拉里关于我们在一起度过的第一个深夜的评价或者哪怕是她平安到家的消息。我泄气地离开书桌，坐到沙发上，拿起两个星期前从扔在我们这一层楼垃圾通道边的一摞旧书里找到的那本《呼啸山庄》。这时候，我突然又想起了希拉里和我妻子对阅读的对立看法，觉得非常荒诞。在希拉里看来，阅读是人生质量的标志。她说过没有阅读的人生是没有质量的人生。而我妻子将我对阅读的兴趣当成是我对生活"不负责任"的标志。在临终前一个星期，还郑重其事地提醒我今后要好好生活，不要再将时间浪费在"毫无用处"的阅读之上。

我心灰意冷地翻动着书页,第二十七章第三段中关于山上"充满生机"的空气的描写令我有点激动:"哪怕是一个垂死的人呼吸到它,都会重新复活。"我觉得艾米莉·勃朗特这个浪漫的句子就好像是对皇家山上空气的写照,也是对我这个曾经"垂死的人"的写照。我想借着这激动再多读几段,但是越读就越没有感觉,或者说越读就越感觉疲劳。最后,我干脆在沙发上躺下来,而且很快就睡着了。

而且我很快又看见了我妻子。她还是披着同样的薄纱,伴着同样的旋律来到我的跟前。她还是一遍一遍地重复"我不会放过你,我不会放过你,我不会放过你"。这一次,我没有被她的戛然而止惊醒。"是因为她们吗?"我用很低的声音问,好像是怕被她们听见。我没有想到我妻子会那么迅速地作出反应。"与她们有什么关系!"她说,"我都已经死了。"她迅速的反应令我更加恐惧。"那是因为什么?"我用颤抖的声音问。她用杀气腾腾的目光盯着我,说:"我要知道真相,真相,真相……"说着,她突然将只有骨头的手伸向了我。

我猛地坐了起来。我突然知道了我妻子重新出现的原因。我不知所措。我走到厨房里,打开冰箱的门看了一眼,又将它关上。我又走过客厅,将通往阳台的门打开看了一眼,又将它关上。我在客厅里走了几步之后,拿起电视机的遥控器,又将它放下。然后,我回到睡房里,在书桌前坐下,将电脑打开,还没有等开机程序完成,又将电脑关掉。我已经知道了我妻子为什么会不停地在我的梦中出现。我应该怎么办?

正在这时候,我听见了轻轻的敲门声。我首先想到了我妻子,顿时就吓出了一身冷汗。敲门声还在继续……等到自己彻底平静下来,我才走到门口,从猫眼里看到了那位很爱说话的台湾邻居。我打开门。我看到她的神色十分慌张。我问她要不要进房间里来。她说不要。她左右都看了一下之后,凑到我的跟前,问我是不是看见过鬼魂。我大吃一惊。但是,我马上就显出镇静的样子,问她为什么会突然提一个这样奇怪的问题。她又左右都看了一下之后,告诉我,她刚才看见了我们刚去世的那位比我还年轻的邻居,就在楼下洗衣房的门口。她说这一下大楼的管理处会要有麻烦了,因为她记得他在死之前三个星期还与管理处就房租的事发生过激烈的争吵。她坚持要陪我下楼去看看。我说我没有兴趣。但她还是坚持要陪我去。我们一起下到了洗衣房的门口。那里什么都没有。我的台湾邻居肯定地说那位去世不久的邻居刚才的确站在那里。我没有责备她。在等电梯的时候,我认真地问她怎么才可以让鬼魂安静下来。她说鬼其实是在"那边"没有钱用了才到"这边"来讨债的。办法很简单,马上给他烧一些纸钱就解决了。我又问她,如果那个鬼要讨的债是血债或者情债,那怎么办呢? 我的台湾邻居笑我幼稚。她说现在不是一切都可以用钱来结算吗? 都烧钱就好了。我又问她,如果那个鬼明确说要的不是钱,而是其他的东西,那又怎么办呢？她说他要什么你就给他什么好了。她说什么都可以用纸做：奔驰跑车、波音飞机、海景别墅……他要什么就给他什么。我又问，如果那个鬼要的不是具体的东西，那怎么办呢？她问我比如什么。我说"真相"，如果那个鬼要"真相"怎么办？我的台湾邻居大笑着说："那你随便给她编一个不就是了，也写在纸上，一把火烧了。鬼知道什么真假呢？"

我妻子不是因为我与希拉里和密和的关系而"绝不会放过"我，这让我感觉舒服了许多。我大概也已经猜到了她想要的是关于什么的"真相"。我不会像我的台湾邻居说的那样随便编一个去应付她。我会将"真相"如实地写下来。我知道这会让她得以平静，也会让我得以平静。

这针对我妻子的决定带给了我情绪非常稳定的下午和夜晚。我虽然还是每隔一个小时就去查看一下邮件，看有没有希拉里的消息，却已经越来越习惯了没有消息。我相信，那样的深夜对希拉里也是奇迹，哪怕她在第一天就已经"看到"，哪怕她从第一天起就已经知道我们相遇的结果。我相信，她也会像我一样，用很长的时间去品味和消化那奇迹般的激情，也会需要用很长的时间来适应我们新的关系；与对希拉里的态度相似，我虽然还是不停地在回放密和最后的激烈反应，却已经开始用更加"客观"和更加深刻的方式去看待那种反应。我已经清楚地意识到了密和对圆明园废墟的兴趣与她对密云水库的兴趣之间逻辑和情感上的联系。我甚至还隐隐约约感觉到了密和最后使用的第二人称单数与被她的眼泪浸湿的围巾之间也存在着逻辑和情感上的联系。而且我越来越相信,有一天,密和会告诉我全部的"真相"。它是我们相遇的必然结果。

临睡之前,我又翻了一下那本雨果的法语传记。那是在密和第一次问到圆明园的那一天,我特意从图书馆借回的书。翻着翻着,我突然对传主生活中的一些数字产生了好奇。"一个强盗在打劫,一个强盗在放火。"诗人在一八六一年十一月二十五日写下了对西方文明践踏东方文明暴行的强烈抗议。这一天距离他六十岁的生日只有三个月了。在一个现代人准备退休的年纪,这伟大的生命却还保持着极度的敏锐和旺盛的激情。这敏锐和激情与爱情有什么关系?在写下这抗议的时候,雨果与德罗埃长达五十年的爱情已经步入第三十个年头了(每天都给对方写信是这不可思议的爱情中无数的奇迹之一)。这敏锐和激情与写作又有什么关系?在写下这抗议的时候,雨果刚刚完成了将在第二年出版并且轰动世界的《悲惨世界》(这时候距离他的第一部小说《巴黎圣母院》的出版已经过去三十年了)。我想起了"王隐士"关于生活的全景的说法。将雨果生命中的这些数据联系起来,我好像更加理解了他对圆明园的被毁所发出的怒吼。那是只有站在普世价值和人道主义的立场上才可能发出的怒吼。

稳定的情绪和愉快的阅读给我带来了不错的睡眠。第二天醒来的时候,我感觉自己已经基本上从这些天的颠簸里恢复过来了。在上山的路上,我甚至唱起了少年时代学唱过的一首苏联歌曲。我希望见到希拉里,也希望见到密和,我甚至觉得哪怕她们同时出现在服务站里也没有关系。但是,她们都没有在服务站里出现。这让我有点担心。准确地说,我是有点担心希拉里。已经四十多个小时了,我为什么还没有她的消息?我的担心很快就被密和的身影冲散。我从服务站的窗口看到了她。她还是在海狸湖边,但是却没有坐在电动轮椅上;她面对着日出的方向,站立在她的电动轮椅旁边。这是我第一次看到密和站立起来的样子。她的双手平伸向前方,然后又缓缓展开,移向肩的两侧,最后又缓缓举起,手掌在头顶上方汇合。这是我第一次看到密和做操的样子。她显得非常正常,非常健康。我兴奋地走近窗口。我想也许她的病情正在好转或者她截瘫的程度并没有看上去的那么严重。我想也许在不久的将来,她会完全从电动轮椅上走下来。我想也许到那时候,她会要我带她去看圆明园的废墟和密云水库……我一边换鞋,一边愉快地想象着密和的未来。我决定先去小溜冰场溜冰,不要打扰她做操。但是换好鞋站起来再朝海狸湖那边望过去的时候,我发现密和已经没有站在电动轮椅旁边了。奇怪的是,她也没有坐在电动轮椅上。我迅速走出服务站。我看到密和坐在雪地上,只有左手扶着电动轮椅的扶手。我开始还以为那是她操练的一部分。但是,再走近一点,仔细一看,我才意识到她不是"坐"在了雪地上,而是"倒"在了雪地上。

这是怎么回事?我马上踩着板结的雪地,摇摇晃晃地来到了密和的跟前。我看到她脸色苍白,满脸都布满了汗珠。我跪到雪地上,扶着她的肩膀,着急地问:"你这又是怎么了?"

密和的目光显得十分虚弱。密和的声音也显得十分虚弱。她从外套的口袋里掏出一张小纸片递给我。"去打这个电话,"她说,"让她通知出租车司机赶快来接我。"

我接过小纸片,读了一遍上面的号码。

密和点了点头。"不要告诉她你是谁。"她接着说,"也不要告诉她我出了什么事。"

我有点犹豫不决,不知道要不要先将她扶到电动轮椅上去。

密和看出了我的意思。"快去吧。"她说,"我这样没有问题。"

我犹犹豫豫地站起来,然后急急忙忙地朝服务站走去。服务站两边的入口处都设有公用电话。我选择了自己平常进入服务站的那个入口,因为从那里我可以看到倒在雪地上的密和。电话很快就接通了。接电话的人也说一口很流利的法语。她在听完密和要我转达的话之后,坚持要问我是谁。我最后只好说我是密和的"一个朋友"。接着,她又坚持要我告诉她密和到底出了什么事。我最后只好说她好像感觉不舒服。挂断电话之后,我立刻冲进服务站,迅速换好鞋,急忙朝密和跑去。

　　密和仍然保持着刚才的姿势。她的脸上仍然在冒着豆大的汗珠。我弯下腰去,将双手伸到她的腋下,想将她架起来。但是,她此刻的身体没有任何支撑,全部的重量都压在我的手臂上。这与我在梦里将她抱起的那种感觉完全不同。我重新找好一个立足点,将脸紧贴着她布满汗珠的脸,第二次用力才将她架起,驾到电动轮椅上。密和的嘴唇几次轻轻地碰到了我的耳根。"这只是虚脱。"她用十分虚弱的声音对我说,"已经差不多过去了。"

　　我将一包纸巾递给她,等她擦去脸上的汗。然后,我跟在电动轮椅的旁边,陪着她来到了停车场。

　　"车很快就会来。"密和告诉我。从她的声音可以听出她已经有了好转。

　　我将刚才那张写着电话号码的小纸片还给她的同时,问她可不可以将我的联系方式留给她。这是从我们关于圆明园的第一次谈话之后,我就想问却又一直都不敢问的问题。密和想了一下,将小纸片递回给我。我在上面写下了我家里的电话号码和我的电子邮箱。"如果还需要我做什么,请告诉我。"我说着,将小纸片再递回给她。与我预料的相同,她没有要我记下她的电话号码或者电子邮箱。

　　车果然很快就来了。密和将电动轮椅开上车之后,司机用口音很重的法语问我是不是也上车。

我还没有反应过来,密和就替我作出了回答。"当然。"她说。

这是我毫无准备的结果。我带着淡淡的羞涩走进比我们在梦里一起生活的房间还要小得多的空间。我坐好之后,密和还在挪动电动轮椅,希望给我留出更多的位置。"刚才我们的世界是空旷无比的皇家山,"我轻松地说,"现在是连腰都伸不直的出租车。"

密和看了我一眼,羞涩地笑了笑。

一阵从来没有过的亲密感荡漾在我的心中,接着是一阵从来没有过的喜悦。"现在感觉怎么样?"我关切地问。

密和温情地看着我,说:"好多了。"

"它来得很突然,是吗?"我接着问。

"每年都要来一次。"密和说,"我都已经习惯了。"

"会不会与你的情绪有关系?"我接着问。

密和对我的问题非常敏感。她显然知道我是在指昨天的事。她显然不想再提昨天的事。她伸手碰了一下我女儿的冰鞋,说:"你有一个女儿。"

"你怎么知道?"

"她告诉我的。"

我不高兴她在这样亲密的空间里提到希拉里。

"她说你上山来其实是为了寻找你的女儿。"

我不高兴她继续提到希拉里。但是,我并没有作出任何反应。

"她说你是一个一生都在寻找女儿的父亲。"

我冷笑了一下,希望她不要再继续这个话题。

"我遇见过一种相反的情况。"

"相反的情况?"

"我遇见过一个女儿,她一生都在寻找自己的父亲。"

密和的话将我心中的喜悦一扫而空。强烈的直觉告诉我,她遇见过的那个女儿有可能就是她自己。我听出了她的伤感。我听出了她的绝望。我不想她继续这样跟我"捉迷藏"了。我要让她知道我对她已经了解到了什么程度。我用肯定的目光看着她,并且借用她自己的话说:"她不仅需要凭着'记忆'去寻找,还需要借助'想象'去寻找。"

我相信密和立刻就清楚了我这句话的意义和分量。但是,她没有表现出恐慌或者惊讶。她平静地看了我一阵之后,将头微微仰起,盯着车顶。突然,她好像是自言自语似的说:"她经常还会混淆她的记忆和想象。"

我有点吃惊。我没有想到她会对我作出如此正面的回应。

出租车穿过犹太人聚居区之后,在一条僻静小街的尽头停下。一个身体笔直的老人站在路边等待我们。她长着端庄的东方面孔,却说着一口流利的法语。她应该就是刚才与我在电话里纠缠过的那个人。司机一边协助密和下车,一边与老人聊天。但是,当密和的电动轮椅停到老人跟前的时候,老人的情绪完全变了。她显得很不高兴。听到密和向她介绍说我是"一个朋友",老人回复的语气非常严厉。她说她早已经知道了。我能够感觉到气氛的紧张。我马上问司机地铁站在哪个方向,然后,很尴尬地与密和告别了一下,就离开了。没有走出多远,我果然就听到密和与老人争吵起来了。我不知道她们为什么而争吵。我不仅不敢停下来,我甚至还紧张地加快了脚步,只想赶快离开。

下午和晚上,我都在不停地查看是否有希拉里和密和的邮件。我越来越担心希拉里的状况了。我也很想知道在路边等待密和的那个老人与她有什么关系以及她们为什么会发生争吵。但是,我一直都没有收到她们的邮件。临睡之前,我给希拉里写了邮件,表达我对她状况的担心。然后,我就带着浓浓的失望坐到了床上。我还是翻了一下那本雨果的传记。我读到雨果在给德罗埃的一封情书里说他有两个生日,第一个生日是他母亲生他的日子,第二个生日是他与德罗埃相遇的日子。他说第一个生日给他带来的是"光明",第二个生日给他带来的是"激情"。我知道这两种生命的要素对雨果都至关重要。没有它们,他不可能写出《悲惨世界》,也不可能写下他对那两个闯入圆明园的欧洲强盗的愤怒声讨。

深夜里,我做的是一个很奇怪的梦。我梦见了一场铺天盖地的大火。在一片嘈杂声中,我马上就辨别出了英语和法语,就像我在蒙特利尔的日常生活中所经历的一样。但是我很快就知道了那不是生活,而是对生活的破坏。那是火烧圆明园的场面。那是历史。那是噩梦一样的历史。到处是强盗的身影,到处是熊熊的烈焰。突然,我看见了我妻子,她赤身裸体从梦的深处狂奔出来。她的身影越来越清晰,她的表情越来越愤怒……她一直跑到西洋楼大水法废墟的中间,她站在了那块刚刚掉下来的拱顶上,她大声喊叫着说:"我要知道真相,我要知道真相,我要知道真相!"

我恐惧地坐了起来。我又吓出了一身冷汗。还没有等自己完全镇静下来,我就意识到不能再拖了。我充满不安地下了床,趴到书桌上,开始写下我妻子想要知道的真相。

希 拉 里 /

在随后的三天里,希拉里和密和都没有出现。我也没有收到她们任何人写来的邮件。说实话,我并没有太担心密和。我们分手的时候,她的感觉已经"好多了",而且我将她一直送到了家门口(尽管她与那个老人的争吵给我留下了一点悬念)。我真正担心的是希拉里。自从那个激情和浪漫的夜晚之后,我再也没有收到过她的消息了。她的鞋柜还是锁着,她的滑雪板也还在"天然储藏室"里。这些都被我看成是她还会出现的标志。但是,她为什么没有出现?她为什么还没有出现?我有点后悔那天晚上没有陪她一起回家。但是,我并不相信她那天晚上没有平安回到家里。她的没有出现应该有另外的原因。其中的一个原因是我在第一天晚上心情沮丧地关掉电脑的时候想到的。我想,那个夜晚也许就是希拉里向我告别的夜晚。那激情和浪漫因此并不是真正的激情和浪漫,而只不过是一种告别的仪式。但是,她为什么要向我告别呢?这个神秘的女人又一次用沉默给我带来了疑惑。这让我想起我们第一次交谈的最后她对"中国"的那种沉默。这一次当然是更粗暴的沉默,因为我连她的表情都看不到。

我在第二天的下午又接连给希拉里写了两个邮件。我故意没有表达自己对她的担忧,而是像以前那样,与她谈起了《十四行诗》。我将注意力集中于关于死亡的第70首。我选择这首诗纯粹是出于偶然。但是,在写完第二个邮件的时候,我意识到我的选择与我们的处境好像有直接的联系,好像是出于必然的安排。我在每一个邮件里都提出了一个问题。第一个邮件里的问题是,莎士比亚为什么会对死亡那么豁达,而对爱情却那么苛刻?第二个邮件里的问题是,在诗的第四行,莎士比亚称世界是"邪恶"的世界(所以他对自己离开这个世界并不忧伤),但是在第十二行他却用"贤明"来形容世界,这种用词上的矛盾是不是希拉里强调过的"粗糙"的证据呢?我不停地想象着希拉里对这两个问题的反应,也不停地查看电脑,但是,直到我准备关机睡觉的时候,还是没有见到她的回复。我最后又给她写了第三个邮件。我问她是否收到了我下午写的那两个邮件。我问她是不是有什么不妥。我最后更是明确地告诉她,我很担心她的状况,也很想看见她。

第三天在溜冰的时候,一种更奇怪的想法翻腾在我的脑海里。我想希拉里和密和并不是分别没有出现,而是"一起"没有出现。也就是说,过去的两天,她们其实是在一起度过的。也就是说,她们现在甚至可能还在一起。我想她们是一起去了希拉里在滑雪胜地的小房子里。这种想法让我感觉非常难受。差不多两个月前,这两个神秘的女人同时出现在我的生活中。现在,她们却同时从我的生活中消失了。我无法接受这种同时的消失。我更不能接受她们的"一起"消失。我不敢继续想下去。我不敢去想象在我的梦中出现过的那种夜晚里,希拉里和密和依靠着彼此的身体,面对着壁炉里温馨的火焰……也许她们还会谈起那个一生都在寻找女儿的父亲或者那个一生都在寻找父亲的女儿。我不敢去想象又忍不住去想象。我想象她们彼此的坦诚。我想象她们彼此的好奇。我想象她们彼此的默契。我想象她们彼此的亲密。我甚至看见了她们冲凉的水汽,我甚至摸到了盖在她们身上的被套上的皱褶,我甚至听到了她们在黑夜中的细语和呼吸……我受不了了!这无孔不入的想象!这无边无际的想象!这无穷无尽的想象!唯一不肯进入这想象的是那只孤独的狼。我多么希望它会突然出现在被积雪掩埋了一大半的窗口,甚至用头击破窗户的玻璃,然后爆发出最孤独的嚎叫……

我匆匆离开了溜冰场。我匆匆离开了服务站。在下山的路上,我的脚步变得越来越沉重。我感觉我迈出的每一步都好像是踏进了最深的忧伤。我的心灵也在那最深的忧伤中痛苦地颤抖。突然,"末日"的恐惧抓住了我。这个奇特的冬天很可能就这样结束了,我绝望地想,很可能就这样提前结束了:没有任何预兆,无需任何准备,就像它的开始一样。

我的大脑仍然处于狂躁的状态。我知道,只有迅速扑灭失控的想象,才能马上制止恐怖的绝望,才能让大脑的运转恢复正常。我决定回家之后不再打开电脑查看邮件。这是关键的一步。我必须分散对希拉里和密和的注意。我要将注意力转向其他的地方。当然有很多的选择,我可以去读完雨果的传记,我还可以去清除厨房里的污垢。更重要的,我应该去写完我妻子想要知道的真相。这些天来,她每天都在我的睡梦中出现,这已经令我忍无可忍。

我刚拿出已经断断续续写了一半的真相,电话就响了。我马上想到的是密和,拿起话筒的时候,有点兴奋又有点紧张。对方的声音让我立刻平静了下来。又是我那位正在办理移民的中学同学。他从那次要我劝说他太太之后再没有来过电话,我想他会要告诉我进一步的积极进展。没有想到,他告诉我的却是相反的情况。他说他们的移民申请刚获得批准,他太太的精神状态就彻底崩溃了。她每天都在他面前大吵大闹。她说他想移民就说明他对她已经没有感情。她不再与他纠缠是否一起移民的问题了,她有了新的要求:她要求跟他离婚。我的中学同学坚持了一段时间。但是,他最后意识到如果再继续坚持下去,他自己马上也会精神崩溃。他用伤感的语气告诉我,他们刚刚办好了离婚手续。我有点好奇这一变故会不会影响他自己登陆的时间。他的回答让我更加吃惊。他说他现在觉得万事皆空,对移民也已经没有任何兴趣了,很可能会放弃。我附和他说放弃也许并不是什么坏事。他很高兴我对他的理解。他说他现在觉得在哪里生活其实都是一样的。他又说将来还是找一个漂亮的小姑娘在中国过"有钱人"的生活算了。我附和他说这也许就是最好的选择。

这意外的电话将我带出了狂躁的想象,分散了我对两个失联的神秘女性的关注。放下话筒之后,我感觉电话的内容尽管非常荒诞,电话本身却来得正是时候。它分散了我的注意力。它令我高兴。这是我唯一一次因为接到这位同学的电话而感到高兴。我就在这种高兴的情绪中重新读了一遍已经写出的那一部分真相。我突然觉得它根本就不是我想要的版本。首先它太详细:我不相信我妻子会想知道得那么详细;其次它太个人:有些地方我写得就像是自己的忏悔,有些地方我又写得就像是替自己的辩护。我意识到不能这样接着写下去。我要重新开始,要用另外一种方式重新开始。对自己写作才能的不满又一次出现在我的情绪里。但是这一次我别无选择,必须坚持写下去。我在晚餐前写了一个半小时,晚餐后散步回来又继续写到已经有了很浓的睡意。我还没有写到前一个版本已经达到的位置,不过我感觉新的版本有了很大的改进。我提醒自己要注意质量,而不要太去在意进度。

在床上躺下之后，我突然想到，所有的真相其实都是写或者说出来的，不同的写法或者说法就会呈现不同的真相。这让我马上想起了埃里克关于我们其实永远也不可能知道历史的真相的断言。那一阵从写作开始以来就经常闪现的迷惘又重新颤动在我的心中。我经常感觉自己的经历与自己写出的经历之间存在着巨大的差别。也就是说，写着写着，我会感觉到那不是我的经历，或者感觉不到我自己的经历。我想这与密和那种混淆"记忆和想象"的体验应该非常类似。

第四天清早出门之前，我还是坚持着没有打开电脑去查看邮件。我的精神状态比前三天的确要好了很多。在上山的路上，我突然想起我母亲关于"想"与"得"之间关系的那种陈词滥调。她总是说想要的东西越想越得不到，不想反而会得到。如果她说得对，我故意不去关注希拉里和密和，不仅能够改善我的精神状态，还可能有利于她们的出现。我母亲这一次果然说对了：在我溜完冰准备离开服务站的时候，密和终于又出现在了海狸湖的旁边。

我兴奋不已地冲到她的跟前。但是，我看到密和的脸上不仅没有一点兴奋，甚至还没有显出任何生机。这让我马上就冷却了下来。"你们这些天去哪里了？"我冷冷地问。

密和显然是注意到了我选用的人称代词。她紧张地看了我一眼，却并没有回答我的问题。

"你们去哪里了?"我固执地再问了一次。

密和还是没有回答我的问题。她将目光从我的身上移开,投向皇家山的深处。"她已经回不来了。"她好像是自言自语似的说。

我知道她说的"她"是谁,但是我不理解她为什么这么说。"你怎么知道?"我不安地问。

"她的目光和她的声音这样告诉我。"她说。

我还是不理解密和的意思。在那个激情的深夜里,我并没有察觉到希拉里的目光和声音有什么异常。"你怎么知道?"我继续不安地问。

"我太熟悉那种目光和声音了,"她说,"那已经不是她的目光和声音。"她沉思了一下之后,接着说:"那已经是死亡的目光和声音。"

"你怎么知道?"我再次不安地问。

密和又将脸侧过来看着我。她显然是在犹豫要不要回答我的这个问题。"我母亲……"她低声说,"那就是我母亲最后的目光和声音。"

我的身体激烈地抖动了一下。我没有想到她会向我袒露如此黑暗的"隐私"。"对不起。"我充满内疚地说。

密和继续看着我,继续用低沉的声音说:"我很想帮她。可是——"她停顿了一下,接着说,"已经太晚了。"

在下山的路上，我有点不满密和没有回答我关于她和希拉里一起去了哪里的问题。但是，我的不满很快就被对希拉里的担心完全覆盖了。我不相信密和对希拉里的判断，或者至少是不愿意相信。我觉得事情并没有她说的那么严重，同时我也觉得我们还是应该做点什么。回到家里，我又连续给希拉里写了三个邮件。在第一个邮件里，除了问候之外，我还抄给了她两个嘲笑老年男性的犹太笑话；在第二个邮件里，我问她下个星期有没有时间，我想邀请她去看一部影评很好的德国电影；在第三个邮件里，我希望在读完《十四行诗》之后，她能够辅导我读《哈姆莱特》。我说在《十四行诗》的带动之下，我其实已经完整地读过一遍那部作品了。我说我有许多的问题想请她帮忙解答：比如哈姆莱特有没有可能是一个同性恋者？比如奥菲莉亚与"黑女士"会不会有什么相似之处？

我还是没有收到希拉里的回复。在随后的两天里，我也一直没有收到她的回复。那两天我都见到了密和。我总是急不可耐地问她有没有希拉里的消息，而她从来没有问过我同样的问题。我知道她已经确信我不可能再有希拉里的消息。她的目光和声音里都充满了忧伤。她的笔记本还握在手上，但是她好像已经无法像从前那样埋头写作。她对交谈也失去了兴致。除了希拉里之外，我们好像再也找不到其他的话题。"她可能已经不在人世了。"在我们第二天分手的时候，密和这样说。我很难受。我不愿意接受这种绝望的假设。而且我突然想到,如果希拉里真的已经不在人世,我们甚至完全都可能不会知道,因为我们不认识任何其他认识她的人,我们也不知道她的住址以及除电子邮件之外的其他联系方式。我真的不愿意接受这种绝望的假设。"不可能。"我固执地说,"绝对不可能。"密和向我投来了极不信任的目光,好像我们之间从来就没有过有诚意的交谈。

没有想到当天晚上九点钟打开电脑的时候,希拉里的邮件已经等候在我的邮箱里。我非常兴奋。更没有想到,它是只有附件而没有正文的邮件。这又让我非常紧张。我故作镇静地打开附件。希拉里的倾诉出现在我的面前:

> 还记得我们第一次交谈的时候,你问我是否去过中国。在很多人看来,这是一个再普通不过的问题,它只可能有两个非此即彼的答案。但是,我却没有回答。看得出你当时感觉非常奇怪。现在我想告诉你,我没有回答是因为我不知道怎么回答:如果给出否定的回答,我就违背了理智,如果给出肯定的回答,我会伤害情感。其实,最合适的回答也许是"但愿我没有去过"。如果面对的是一个熟人,我可能就会这样回答。后来又有一次,是在小溜冰场上,我反过来问了你一个关于中国的问题:我问你以前住在中国的哪一座城市。你应该还记得我

当时有多么恐慌,因为你的回答完全可能改变这个冬天的质地和意义。我是一个病人,你应该早就看出来了。但是你肯定想象不到我病得有多么严重。我必须小心翼翼地对待身边所发生的一切。要知道,一个在正常人看来微不足道的细节(比如一个手势或者一种颜色)就足以将我推到崩溃的边缘。最近这十二年来,我已经遭受过无数次这样的痛苦了。我必须小心翼翼地对待身边所发生的一切,防患于未然。

我告诉过你这是我经历的最奇特的冬天。这也是我经历的最痛苦的冬天,身体和心理上都感觉最痛苦的冬天。我知道这是因为她和你,或者说是因为我们的相遇。这相遇将我同时推进了记忆和想象的深渊,精心构筑多年的防御刹那间就失去了作用。这是出于必然还是出于偶然?这困扰了我一生的问题现在又成了我新的困惑。她有一天说我们是三颗微不足道的沙粒,被这个时代的潮汐带到了皇家山上。我很喜欢她的这种说法。不过,它也没有扫除我的困惑,因为"时代的潮汐"指的是必然,而"微不足道"指的是偶然。不管怎样,我很清楚,如果不是因为这奇特的相遇,我可能永远都不会写下这"最黑暗的记忆"。

是的,我去过中国,那是我最近这十二年来唯一的一次出国旅行。那天深夜在皇家山上,我告诉过你,我的一生由两段

"最黑暗的记忆"构成。我是它们的囚犯。我是它们的死囚。我在那天晚上已经向你展示过我关于父亲的记忆。现在我准备写下的是另外的一段。它与我生活中那一趟永远都不会结束的中国之行联在一起。

我好像告诉过你,我一辈子都没有正式工作过。这是因为我在读博士学位的时候遇见了后来成为我丈夫(也就是我现在称为"前夫")的那个男人。他刚从医学院毕业,已经在维多利亚医院工作。他不仅有稳定的事业,还长得十分英俊,又对爱情有坚定的信仰,是女人心目中最最理想的丈夫。我们在我做完论文答辩的第二天就登记结婚了。我丈夫希望我做家庭主妇,我也愿意做家庭主妇。我做了整整二十年的家庭主妇。当然,我并不是完整意义上的家庭主妇,因为我操持的并不是一个完整的家。我们没有孩子。我丈夫从小就崇拜法国哲学家萨特。他早就决定像自己的偶像那样不要孩子。他说孩子会影响我们之间的爱情。他甚至说他就是一个孩子,需要我全身心的照顾。我从另外一个角度接受了他的决定。我已经告诉过你,我的童年记忆是我"最黑暗的记忆"的一部分。我也不相信自己有能力给一个孩子带来快乐。没有孩子的确给了我们充分的自由和对彼此更多的关注。我们在一起度过了整整二十年平静又充实的婚姻生活。

我丈夫特别不喜欢变化。他在那二十年里没有换过工作，我们在那二十年里没有换过住址。这种"不喜欢"当然是我丈夫不愿意去中国工作的重要原因。另一个重要原因是他从来就没有对中国产生过兴趣。因此，获悉医院将派他去中国主持为期两个半月的培训活动时，他连续好几天都闷闷不乐。那一段时间，我真是将他当成一个孩子，想尽一切办法去培养他对中国的兴趣。我每隔两天就在唐人街的餐馆里叫一次"外卖"，让他品尝中国不同地域的口味。我还专门买了一张中国地图贴在客厅的墙上，让他对照着菜的口味学习中国的地理。我还从图书馆借来了一堆关于中国的电影，每天都让他陪着我一起欣赏。我甚至还搬出了他的偶像。我说萨特在五十年代初就去过中国，还在天安门城楼上参加过国庆观礼。我还记得萨特晚年的时候对中国的"文化大革命"大加赞扬，认定那是群众向权威发起的挑战……现在想来，我对他的这种培养可以说是我一生中最荒诞的举动。

我们是在夏末到达上海的，据说那是当地一年中最好的季节。我们被安排住在一家有浓郁欧洲建筑风格的酒店里。酒店距离我丈夫授课的医院大概有五公里的距离。中国方面非常周到，不仅安排了每天的专车接送，还在培训基地安排了一个很舒适的房间，供我丈夫办公和休息。最初的两天我丈夫要求我陪他一起去上班。第三天，他没有提出这样的要求，但是，我还是跟着他一起去了。那一天，我感觉自己有点多余，因为我丈夫已经完全适应了培训基地的环境，与中国方面专门为他配备的那个"能干"的助手也已经有默契的配合。在回家的路上，我刚想问他今后是不是没有必要再陪他去上班了，他却抢先给出了肯定的回答。他甚至建议我去买一辆自行车，这样可以更自由地在城里活动。他还向我保证，我们可以在周末一起去参观上海周边的景点，如周庄和乌镇。

我很快就喜欢上了上海，而且还不断有所发现。我知道有些发现他也一定会感兴趣，总是想利用周末的时间带他一起去重访。可是在一起出去过两次之后，我丈夫对我的这些安排就没有任何兴趣了。他抱怨说外面的人太多车太多，空气一点都不好。他说他宁愿在酒店里放松休息。但是，他并没有放松休息。他好像突然变了一个人：他变得心神不定，他变得坐立不安。我只是感觉有点奇怪，却并没有去多想。但是，接下来的一个星期，事情变得更加奇怪了：他差不多每天都回来得很晚。回来之后，也不愿意跟我说话。说话的时候，眼睛也不会看着我。还有两天，他甚至不肯上床睡觉，而坚持要睡在沙发上。他说在沙发上睡着舒服。而那个星期六，他一起来就离开了酒店，他说要去办公室批改学生的作业。

接下来的那个星期六,他还是要去办公室批改学生的作业。我问他什么时候回来。他说应该跟前个星期一样。前一个星期六,他是差不多晚上九点才回来的。我没有多说什么。但是,将近中午的时候,我的心里出现了一种非常阴暗的感觉。我决定去办公室找我突然变得陌生的丈夫。我要他告诉我,他为什么突然会变得这样陌生。在培训基地的门口,那个整天抱着一本《走遍美国》学英语的保安迎了过来。他说他刚学到的句子就是"你到这里来干什么"。我告诉他,我来找我丈夫。他回答说他没有来,因为今天是星期六。我说他上个星期六也来了。他说不可能。他说每个星期六都是他值班,他从来就没有看到过星期六有人来上班。

从这个时刻开始,我就知道莎士比亚戏剧中的一个关键词已经变成了我需要面对的现实。这个词就是"背叛"。我决定什么都不说。也就是说,我也决定欺骗他,不让他知道我已经知道他正在欺骗我。我想看他到底能够忍受多久他对我的欺骗或者我对他的欺骗。

我没有向他提起过去上海周边参观的事。他也没有提起。我也没有提起过出发到中国之前我们就计划过的利用那一个星期的长假去北京和西安两地旅游的事。而他直到长假之前的三天才突然问我可不可以自己去。他说他会帮我将机票和酒店都订好,我只要提着行李就可以走了。他说他自己有太多的工作要做,根本就走不开。这当然又是欺骗。他为我做出那样的安排当然完全是为了他自己:一方面为了让自己心安,另一方面是为了让自己更方便做另外的安排。我心平气和地谢绝了他的"好意"。我说我每天都是度假,不必做什么特别的安排。

后面的那一个月也是在互相欺骗的状况中度过的。他编出了各种各样的理由"不"与我呆在一起。我对每一个理由都好像信以为真,我不太情愿的接受也让他信以为真。这种欺骗的状态其实让我非常难受。我有三次想在他的面前坐下来,用严厉的目光盯着他问:"她是谁?"我有两次想改掉机票,单独提前返回加拿大。但是,在最后的时刻,我的心都软了。我担心自己将事情想得过于严重。我幻想将来回到我们共同生活了整整二十年的小世界里,一切又都会恢复正常。

我们最后还是一起从中国回来的,但是我们的心却并没有一起回来。一种强烈的对比让我至今都感觉非常荒诞:在我们去中国的飞机上,他在与邻座交谈的时候,对中国有很多的抱怨。他说中国菜太油、太咸;他还说中国人太物质、太势利。而在回加拿大的飞机上,他也与邻座有短暂的交谈。他说的却全是关于中国的好话,他甚至说中国的嘈杂和拥挤都让他觉得很有意思。我没有想到,在方向相反的航程中,我会从同一个人的嘴里听到对中国完全相反的评判。这个人我曾经是那么地熟悉。这个人我现在是这么地陌生。

回到蒙特利尔之后,我丈夫并没有恢复正常。相反,他变得更加魂不守舍,更加焦躁不安。这时候,我的幻想才彻底破灭。他已经不可能再回到我们共同生活过整整二十年的小世界里来了。我不应该再接受他的欺骗,也不应该再欺骗他。就在我决定摘下面具的那天清早,他的一个疏忽让他不得不首先摘下面具。他本来是一个做事极为稳妥的人,但是那一段时间连续出现了一系列的疏忽:比如有一次他将银行卡留在了自动柜员机里,比如有一次他没有关炉子的火就出了门。而就在我决定等他下班回来之后就摘下面具的那一天上午,他将从来不离身的小摄像机忘在了书桌上。我在做卫生的时候注意到了他的这个疏忽。我好奇地拿起了小摄像机。我平静地按下了播放键。我以为自己会看到我们到达上海的当天去外滩散步的场面。没有想到,出现在我眼前的却是"他们"在一起的画面,而且是令人作呕的画面。"他们"在一起并没有让我吃惊。他第二次夸她"能干"的时候,我就已经有点不好的感觉。她最后没有与其他同事一起来机场送我们,我的感觉就更加不好。让我吃惊的是"他们"会那样在一起:他原来是一个在陌生人面前说话都会脸红的人,他怎么会有那种令人作呕的表现? 他怎么还要拍下那种令人作呕的表现?

我只看了两分钟。我对真相毫无兴趣,更不要说那种真相。有意思的是,属于我的也只有那两分钟。我刚关掉摄像机从书房走到客厅,他就开门进来了。他神色慌张地四处张望,显然是在寻找他不应该遗忘在家里的东西。"在书桌上。"我平静地说。他的脸色顿时变得煞白。他没有去拿摄像机,而是在餐桌边的椅子上耷拉着头坐了下来。过了很长一段时间,他抬起头来,用怯懦的目光看着我说:"是啊,我已经不爱你了。"

"你爱她吗?"我冷冷地问。

他显然意识到我马上将要质疑他对"爱"的信仰,迟疑了一阵才给出他的回答。"当然。"他好像不太情愿似的说。

"就像你当年爱我一样?"我问。

"不要这么去比较。"他不耐烦地说。

我想让自己平静下来,但是,我平静不下来。压抑了一个多月的愤怒终于爆发出来了。"你是因为不爱我了才爱上了她,还是因为爱上了她才不爱我了?"我愤怒地问。

他用怯懦的目光看着我,什么也没有说。

我马上也后悔了。我为什么要去纠缠如此无聊的问题? 我为这纠缠瞧不起自己。说真的,那时候,我就想起了莎士比亚的十四行诗。以前，我以为自己对它已经熟到了如数家珍的程度，可是直到那时候，我才突然看清了莎士比亚对爱的绝望。我不想再与这个共同生活过二十年的男人纠缠那无聊的问题了。我突然觉得"爱"不过就是人为自己阴暗的本能贴上的一个虚假的标签：背叛和欺骗其实就是这标签固有的特性。我父亲的死已经将我推进了永远都不可能逃离的黑暗之中，而对爱的绝望将我推进了更深的黑暗。

我们整整二十年的婚姻生活就这样结束了。我从一个"家庭妇女"变成了一个对各种意义上的"家"都失去了敬意的"单身女人"。因为长期的闲散，我发现自己既没有能力也没有兴趣去从事任何朝九晚五的工作。而且两段"最黑暗的记忆"最后都留给了我一定的财富，我已经没有必要再去为生活而工作。我成了一个"自由职业者"，想做的时候就去做一点自己想做的事情。而我充分发挥了从我父亲那里继承来的最大财富：他的美术天赋。为图书画插图成为这些年来我做得最多也最愿意做的事情。当然，"单身女人"和"自由职业者"并不是我因为婚姻的结束而获得的最重要的身份。整整二十年的婚姻生活以那么荒诞的方式结束将我彻底变成了一个"病人"。"病人"才是我最重要的身份。这些年里，我一直都在小心翼翼地与这种身份周旋。我现在已经疲惫不堪了。

他很快就去中国生活了。我们从此再也没有过任何联系。我对他的现状也没有任何好奇。为了我的健康,我必须努力地屏蔽记忆和顽固地拒绝想象。但是去年秋天,我在艺术广场的门口遇见了他母亲。她一眼就认出了我。她不停地在我面前抱怨自己的儿子,就像我还是她的儿媳妇一样。她说她不理解中国为什么会对他有那么大的吸引力。她说他完全陶醉在那边的生活之中,与这边的亲戚朋友都失去了联系。当然,他很快就与他"爱"的人结婚了。这没有让我感觉荒诞。让我感觉荒诞的是他们现在已经有了第三个孩子。当年他是为了我们的"爱"而坚决不要孩子,我相信他现在也是为了"爱"才有了三个孩子。我没有等她母亲说完就转身走了。我受不了这荒诞的"喧嚣与骚动",我受不了这"由白痴说出的故事"。

我的眼前突然一片模糊。我用双手捂住了脸。我不知道要不要回复她。我不知道要不要马上回复她。我不知道要怎样回复她……我的脑海中突然翻腾起了希拉里在这最奇特的冬天里带给我的无数疑惑:从第一天的"没有任何反应"一直到最后那个深夜里不可思议的激情。还有,还有她从那激情之后的沉默……那好像是预告死亡的沉默。不,我不相信密和的判断。至少她最后的判断已经被这份邮件否定:希拉里还在这个世界上,还在承受着"失去"

的悲伤。我将手从脸上移开。我突然注意到了电脑上的时间。又快到十一点了。也就是说,又快到希拉里那天约我去见她的时间了。我突然有一种奇怪的想法。我想希拉里故意在这个时候传来这第二段"最黑暗的记忆"其实是对我发出的又一次邀请。我毫不犹豫地穿上最厚的外套,顶着冬天以来最强的寒风朝上山的方向跑去。

希拉里没有像我以为和希望的那样站在海狸湖边。我固执地走过去,走到那天深夜我们见面的位置。狂风夹杂着被吹起的积雪,猛烈地击打着我的脸。突然,我好像听见有人在叫我的名字。我没有把握那是不是希拉里的声音,但是我肯定它来自老榆树的方向。我兴奋地朝那边跑去,一直跑到了老榆树边。我将手伸进"天然储藏室"里。怎么回事?我心头一紧,里面怎么会什么都没有了?

回到家里,我忍着疲劳和绝望,又读了两遍希拉里"最黑暗的记忆"。这两遍,我都特别在意"我现在已经疲惫不堪了"这句话。它的言下之意好像吻合了密和对希拉里的判断。这种吻合让我非常不安。我很想为希拉里做点什么,我相信我还能为她做点什么。我还是决定回复她这个没有正文的邮件。我的回复非常简短。我完全没有去谈她"最黑暗的记忆"。我只是问她什么时候还会上山。我说我和密和都非常想念她。

第二天早上出门的时候,我特意查了一下邮箱。没有见到希拉里对我的回复的反应,我没有感觉奇怪。上山之后,我先去服务站里查看:希拉里一直占着的鞋柜已经空了。这也是我已经想到的结果。我接着又去老榆树那里复查了一遍,结果与深夜的时候完全一样。最后,我带着极度空虚的心情走到密和的身边。"她还活着。"我好像是在跟她赌气一样地说。

密和对我投来的是怀疑的目光。

"我昨天晚上收到了她的邮件。"我说。

"这能说明她现在还活着吗?!"密和说。她将"现在"说得非常突出,好像是在对我发出挑战。

我讨厌密和这种固执的态度。我根本就不想再与她讨论鞋柜和树洞的情况。

"我能够想象出她在邮件里写了什么。"密和接着说。

我不相信她能够想象出来,但是我非常紧张。

"肯定是她受的伤。"密和说,"致命的伤。"

密和的想象让我大吃一惊。"你怎么——"我结结巴巴地说,"你怎么会有这种想象?"

"因为我知道那邮件的性质。"密和说。

"什么性质?"我不安地问。

"那是遗书。"密和说,"那是她的遗书。"

密和毫不含糊的措词又让我大吃一惊。我绝望地从她的身边走开。我决定今后不再跟密和讨论希拉里的情况了。她的悲观让我无法忍受。她的固执让我无法忍受。但是,我已经感染了那悲观的病毒。溜冰的时候,我完全心不在焉。我只溜了十五分钟就回服务站换鞋了。我急着想回家去查看邮件,尽管我同时又悲观地相信我的邮箱里不会再出现希拉里的邮件。

接下来的三天,我一直都在躲着密和。我不想让她知道我仍然没有收到希拉里的回复。我也不想再听到她关于希拉里的判断。如果不是因为那天晚上的噩梦,我可能会一直都躲着她。我在那个噩梦里看到了希拉里。她也走进了圆明园西洋楼大水法的废墟:她走近了正在大声喊叫着的我妻子。我看到了她的目光,我也听到了她的声音。"为什么一定要知道真相呢?"她说,"不知道真相,我们就不会有致命的记忆。"我妻子冷漠地看了她一眼,又继续她的喊叫:"我要知道真相,我要知道真相,我要知道真相……"

这是在激情的深夜与她分手之后,我第一次看见希拉里。她看到我妻子没有理睬她的劝告,就转身走开了。我一直贪婪地盯着她的背影,直到它消失在烈焰的深处。我意识到这是与我第一天看到她的时候的不同的消失:那一天,她的背影是消失在冰雪的尽头。从冰到火,从现实到梦境……希拉里,这就是我们的相遇?

我依依不舍地睁开眼睛,发现我的耳根已经被泪水打湿。这时候,我开始有点相信密和关于希拉里的假定。

密 和 /

在梦见了希拉里的第二天清早,我出门之后是一路小跑着来到了坐在海狸湖边的密和跟前的。我急于想与她分享自己昨晚做的梦。我急于想听她对我的梦的解析。没有想到,神奇的事情又会在这个时候发生:我还没有调整好呼吸,密和就先开了口。"我昨天梦见了她。"她用略带伤感的口气说。我被吓得狠狠地哆嗦了一下。这是怎么回事?我直直地盯着密和,不敢相信会有如此的巧合。

"这是我第一次梦见她。"密和接着说。

"她在哪儿?"我认真地问。我想知道我们做的是不是同一个梦。

"在圆明园。"密和说。

这更让我吃惊和好奇。"她跟谁在一起?"我着急地问。

"她一个人。"密和说,"她坐在西洋楼大水法遗址的石头上,就像你一样。"

我们做的不是同一个梦。我松了一口气。但是,我们同时梦见了希拉里,而且都梦见她在圆明园西洋楼大水法遗址,这已经足够恐怖的了。我犹豫了一下,决定不与她分享我的梦。"这有点奇怪。"我说,"她从来没有去过圆明园。"

"你怎么知道?"密和问。

"她在遗书里告诉我的。"我说。

密和得意地看了我一眼。她显然是以为我已经接受她的"遗书"说。

"她说她没有去成北京。"我说,"如果她去成了,这个奇特的冬天也许就不存在了。"说完,我就转身走开了。

刚走出几步,密和叫住了我。

我停下来,转身面对着她。

"你为什么要躲着我?"她问。

我不知道应该怎么解释。

"是因为她吗?是因为我对她的判断吗?"她说,"那是我真实的想法啊。我知道你一定会很伤心。我也是啊。我也非常伤心啊。"

"我们不再谈论她了吧。"我说着,稍稍停顿了一下,接着又补充说:"其实你说得对,我们是三颗微不足道的沙粒,最后肯定是要被时代的潮汐冲散的。"

"她将我对她说过的话也写在遗书里了吗?"密和有点吃惊地问。

我点了点头。"是啊,"我说,"其实在你们一起消失的那几天,我就已经有过这奇特的冬天会提前结束的预感。"

密和的脸上出现了忧伤的表情。"我也马上就要搬家了。"她说。她要搬回到她们家在南岸的房子里去。她说她们家租住目前这个地方,就是为了她每天清早能够上皇家山,那实际上是她的康复计划的一部分。但是现在,她家里人不愿意她再上皇家山来了。"她们很敏感。"她说。

我有奇怪的把握,她所说的家里人就是那天我看到的那个老人。也就是说,应该是单数而不是复数。我也有奇特的把握,那天密和与家里人的争吵跟她刚提到的"不愿意"有关系。我走到了她的跟前。"那天你们发生了争吵。"我故意提醒她。我不想再与她"捉迷藏"。

密和似乎是理解了我的意图。"是的,"她说,"那是我们第一次谈到搬家的事。"

"她是谁?"我非常认真地问。

密和冷静地看着我,却没有回答我的问题。

"她是谁?"我又问了一遍。

密和还是没有回答我的问题。"她们很在意我与什么人接触。"她说,"她们说她们为我做的一切都是为了我的幸福。"

我不好意思再问了。我看着密和,心想,这也许就是我们的最后一次面对。只要我再一次转身走开,她可能就从我的生活中彻底消失了,就像希拉里一样。可是,我还有那么多的疑惑,关于她的身份,关于她的身世,关于她的写作……我记得希拉里说过,这一切都应该由密和自己来告诉我。而且她也肯定密和一定会用她自己的方式将关于她自己的真相告诉我。我一直不相信希拉里的这种肯定。现在,我就更不相信了,因为我们已经没有机会了:只要我再一次转身走开,她就会从我的生活中彻底消失……

我没有想到,这就是密和等待的时刻。她很认真地看着我,好像是在作最后的抉择。我也很认真地看着她。从她目光的变化,我知道她已经作出了最后的抉择。

"第一次交谈的时候,你就问过我写的是什么故事。我没有回答,不是因为我不信任你,而是因为我不信任我自己。"密和平静地说,"那时候,我被两个最根本的疑惑困扰,不知道自己为什么要写,也不知道自己是为谁而写。我对写作一直抱有一种很激进的观点:我相信每一部作品都有一个'必然'的存在理由,唯一的一个;也都有一个'必然'的读者,唯一的一个。现在,这两个疑惑都已经解决了。所以,我应该回答你的那个问题了。"密和稍稍停顿了一下,接着说,"我写的是一个古老的爱情故事。故事的叙述者是一个中国和日本的混血儿。她的原型是我在巴黎美术学院读书的时候的同学,我最好的朋友。她的经历中有许多的'盲点'。她在巴黎出生,在巴黎长大,从来就没有去过自己的两个祖国,既说不好日语又不会说汉语。还有,她从来没有见过自己的父亲,她父亲也从来没有见过她。她的家里只有三个(也是三代)女人:她外婆、她母亲和她自己。她外婆和她母亲都是很强势的女人,对她的管束一直都很严厉。她知道她母亲能够说很流利的汉语,但是她从来就不说。而且她从来不愿意谈论任何关于中国的事情,也不愿意她女儿对中国发生兴趣。"密和又停顿了一下。她也许是注意到了我脸上出现的不满的表情。她叹了一口气,接着说:"在我们快毕业的那一年,她爱上了一个来自中国大陆的留学生。这件事很快被她母亲发现,并且立刻引起了她最激烈的反应。她不仅强迫她休了学,还将她关在家里一个多月。那一段时间,她母亲只允许我去看她。我差不多每隔两天就去看她一次。开始那三次,她还对她母亲有很多的抱怨,甚至还想到过要离家出走。但是,第四次去看她的时候,她的态度就完全变了。她说在知道了自己身世的'真相'之后,她不仅原谅了她母亲,还对她母亲充满了崇拜之情。就是从那一天开始,我每次去看她,她都会与我谈论她父母的相遇和分离。那相遇和分离与历史有那么深的纠葛,经常让我们唏嘘不已。我写的爱情故事依据的就是她父母的那一段真实的经历。"

  我用不满的目光看着密和,不知道她到这时候为什么还要跟我"捉迷藏"。我觉得自己已经知道得很多了,不想她再这样将故事编下去。我决定让她看出我的不满。"我知道你这位朋友的生活中后来发生了什么。"我挖苦地说。

密和很敏感地看了我一眼。但是,她马上就恢复了镇定,平静地等着我继续说下去。

"我知道她出了事,脊椎受损导致截瘫。"我说,"我知道她现在坐在轮椅上。"

密和继续用平静的目光看了我一阵之后,将电动轮椅掉转了方向。但是,她只开出一小段就停了下来。"你错了。"她回过头来对我说,"她死了。她跳进了塞纳河,就像诗人策兰一样。"

我不知道真是我错了,还是她在继续编故事。就在我犹豫着不知道应该怎么反应的时候,密和又说出了一句话。"也可以说就像她父亲一样。"她说。说完,她用最快的速度开着电动轮椅离开了。

我被密和最后的话惊呆了。它让我马上就想起了她关于密云水库的那些奇怪问题以及我回答完那些问题之后她的奇怪反应。我突然有了豁然开朗的感觉。我觉得我对密和身世的真相更加清楚了。这种清楚带给我的当然是更加沉重的心情。

整个上午我都处在那种沉重的心情中。我有点后悔自己的那种不满。密和还只是说到了她的写作的依据,我不应该那么早就将她打断。我应该听她继续说下去。从她离开之前说的那句话可以知道她其实还很想继续说下去。接下来的发展证实了我的想法:

准备做午餐的时候,我居然接到了密和打来的电话。这是她虚脱那天我留给她电话号码之后,她的第一次使用。这也是整个冬天里她给我打来的唯一的一次电话。她说她一个人在温莎车站。她问我愿不愿意去那里见她。温莎车站是蒙特利尔已经废弃的老火车站。车站的内部还保存完好,可供人参观。不过,空旷的候车厅里只留下了四张供参观者休息的长椅。那里也许是非常安静的蒙特利尔城区里最安静的公共场所。在蒙特利尔生活的十五年里,我从那里路过过两次,两次看到那里都是空无一人。"你一个人在那里干什么?"我有点担心地问。"你过来就知道了。"密和说。

我花了半个小时才赶到那里。就像我前两次看到的一样,整个车站里除了密和之外,再也没有其他人。密和坐在候车室正中间的长椅上。我走近她之后,看到她已经在长椅上铺好了桌布,并且已经将食品和餐具摆放整齐。"我在准备一个庆祝会。"她很得意地说着,示意我在长椅的另一端坐下。

我迷惑不解地坐下。"庆祝什么?"我问。

"一个神话的诞生。"她得意地说。

"什么神话?"我问。

密和侧身从电动轮椅下的小储藏箱里拿出一个笔记本。

我有点吃惊。"已经写完了吗?"我问。

她很痴情地抚摸着笔记本。"昨天深夜写完的。"她说。

"祝贺你。"我说着,突然意识到刚刚过去的这个夜晚对她有多么特别:她不仅完成了写作的"神话",还梦见了下落不明的希拉里。更重要地,她可能还决定了应该如何向我告别以及如何"暴露"自己身份的真相,这可以说是她对这个冬天作出的交代。

"要感谢你。"她说,"没有你,我不可能完成这部作品。它其实是我们一起创造的神话。"

"应该感谢皇家山。"我说,"还有这奇特的冬天。"

"是啊。"她说,"这冬天本身就是一个神话。"

这时候,我注意到了她眼睛的红肿。"这是怎么回事?"我指着她的眼睛问。

密和叹了一口气,说:"清早分手的时候,不应该说那样的话。"

我敢肯定她清早说的那些话都与她的身世相关。我不愿意再次将她带进那样的忧伤中。我建议她将手里的笔记本也放到桌布上。她将它放在桌布的正中。接着我们一起举杯,庆祝这个"神话"的诞生。

我们接下来的交谈非常轻松也非常流畅。密和告诉我,她之所以选择在温莎车站庆祝"神话"的诞生是因为她的写作就是从这里开始的。而她之所以从这里开始她的写作是因为"车站"在那个古老的爱情故事中地位显赫:它是男女主人公的伊甸园,也是叙述者记忆或者想象中生命的起点;密和还告诉我,用于庆祝会的沙拉和三明治都是她自己做的。"我很喜欢做饭。"她略带羞涩地说,"如果不是因为那次事故,我一定是一个很好的家庭主妇。"密和又告诉我,她是一个在女人的包围中长大的人。她说家里对她的管束一直都非常严厉。长这么大了,她这还是第一次与一个男人单独在外面吃饭……我没有想到密和会这么开心,也没有想到密和是这么健谈。

庆祝会之后,我们一起去地铁站。我先陪密和下到了她那个方向上车的站台上。这时候,密和从电动轮椅下的小储藏箱里取出一个大信封递给我。"我将一些你应该会感兴趣的部分复印出来了。"她说,"当然,这还只是初稿,有些地方将来肯定还要作修改。"密和稍稍停顿了一下,用没有把握的语气问:"你愿意留着它吗?"

我兴奋地接过信封。"当然。"我说,"我一直都想能够读到你的作品。"我的脑海中突然浮现出了我们第一次交谈的最后她拒绝我的场面。经过整整的一个冬天,我终于迎来了这奇迹般的开放。我暗暗惊叹这最奇特的冬天里最新的奇迹。

"它是为你而写的。"密和激动地说,"你就是它'必然'的读者。"

我想起她清早在皇家山上的那一番话。我为自己能够成为那唯一的"必然"而感动。

这时候,密和从那份刚在地铁站门口派发到我手里的免费报纸上撕下一条空白,在上面写下她的名字以及它的英文拼写,递给我。

然后,她跟着我大声用普通话念出了她的名字。然后,她指着那个"密"字,用意味深长的声音说:"这就是密云水库的那个'密'字。"说完,她将电动轮椅开进了正好停在她跟前的车厢。

我一直目送着密和乘坐的地铁消失在隧道的尽头。然后,我快步走到了对面的站台上。车很快就进站了。车厢很空。我坐下之后,迫不及待地从信封里取出了密和给我的复印件。封面页下出现的是这样一段文字:

  二十六岁生日那天清早,我母亲走进我的睡房,说要送给我一份特殊的生日礼物。她在我床边坐下,递给我一条深红色的围巾和一张旧照片。她指着旧照片上那个穿着泳裤的男人说:"这就是你父亲。"

  那是我第一次看见我父亲。他与我小时候梦见过的父亲完全不同。我梦见过他很多次,每次都是不同的样子,又都同样让我感觉疏远和陌生。而旧照片中的父亲非常亲切。我一看就知道他是我的父亲。

  "你完全是他的翻版,又黑又难看。"我母亲说。从她的语气里,我能够听出她对我和对他深深的爱。更神奇的是,我还跟我父亲是同一天生日。我很早就知道我是早产儿,生日比预产期提早了两个星期。以前,我也经常听我母亲说我的生日是我自己的选择。但是,直到二十六岁生日那一天,我才知道"自己的选择"的意义。那是绝望的选择:我虽然选择了与我父亲在同一天生日,却从来没有与他在同一天过过生日。我出生的时候,我的父亲已经离开了人世。

我父亲二十六岁的生日是我母亲与他一起过的唯一的一次生日。那条深红色的围巾就是她送给他的生日礼物。她在围巾的一端绣上了他的名字,在围巾的另一端绣上了她自己的名字。她后来意识到这是一个不可饶恕的错误:她不应该将他们的名字分别绣在围巾的两端。她应该将它们绣在一起,绣得难舍难分,绣得无法辨认……就像他们相爱的心灵一样。我母亲告诉我,我父亲在密云水库溺水的那个深夜,那条围巾就系在他停在岸边的自行车的车把上,好像是在等着他上岸。

我紧紧地抱住了我母亲。我的眼泪打湿了她的肩膀。我突然想起大概是三年前,我问她为什么从来没有抱怨过孤独。她的回答让我震惊又费解。她说那是因为她在二十四岁之后就再也没有感到过孤独了。现在我终于知道了,她的孤独在那一年被她一生中唯一的一次恋爱带走了。那是她的初恋,也是她的绝恋。而那悲剧的经历让我母亲对爱产生了固执的偏见:她相信爱只有一次,就像死亡本身一样。

下面就是我父母的爱情故事。它也可以看成是我自己的身世。

车厢里的人多了起来。车厢的晃动也比刚才要明显。我决定将密和身世的真相留给完整的时间和清静的环境。将复印件放回到信封里之后,我靠到椅背上,茫然地盯着镶在车厢门边的地铁线路图。突然,我的脑海里又开始翻腾起密和提出过的那些问题。最近这一段时间里,我已经根据那些问题粗略地勾出了密和身世的轮廓。我很想知道我勾出的轮廓与她写出的真相之间会有多少的一致。

根据刚才的阅读速度,我估计全部读完这一叠复印件会需要六七个小时。在从地铁站往家里走的路上,我特意在麦当劳买了一个汉堡包,因为我想一口气读完复印件,不想为做晚饭耽误时间。我差不多是一进家门就开始阅读,一直读到晚上十一点钟,才全部读完。密和的笔迹非常端正,很好认读。但是因为密和是有选择地复印的,也就是说,我的阅读实际上是具有这大时代特征的"碎片化阅读",情绪和内容都不连贯。而且,差不多每一页上都会出现一些妨碍理解的生词,需要停下来去查字典,这极大地影响了我的阅读进度。但是,我的阅读始终充满了快感,因为故事的不少细节与我的推测完全一致,我在不断地获得证实。

接下来的三天时间里,我又重读了一遍那一叠复印件。在离开蒙特利尔之后的这些年里,我每年也都会重读一遍那一叠复印件。我对它越来越熟悉了,我对它也越来越理解了。下面的这一段真相就是建立在这种熟悉和理解的基础之上的。它当然不是直译,它甚至也不是意译,它是我为密和留给我的"碎片化"真相写出的一份提纲。从严格的意义上说,它应该是我和密和的共同创作。

时间是一九七四年的冬天,地点是中国的首都,人物是一个中国男人和一个日本女人。

他们的爱从汉语课上开始。那是不应该的开始,因为历史横跨在他们的面前:两个国家的历史,两个家庭的历史……三十多年前两个国家之间的战争在他们各自的家庭中都留下了永远的"硬伤"。她的父亲曾经到中国来作战,最后在第一次长沙大会战中被炮弹击中,失去了左臂;而他的父亲是平型关大捷中的英雄,腹部和大腿上残存着那次战役留下的五处枪伤。他们当然都知道两个国家之间的那一段历史,他们当然也都知道与那一段历史相关的他们各自的家史,但是他们没有想到那历史和家史最后会成为爱情无法逾越的障碍。

她生性叛逆。"中日邦交正常化"之后,就冲破家庭的阻挠,成为最早一批到中国来学习汉语的留学生。他是她三年级高级阅读课的老师。他第一次走进教室,就深深地迷住了她。与所有的中国老师都不一样,他的脸上带着淳朴的笑容,他的身上散发出自由的气息。那天正好刮着大风。他走进教室来做的第一个动作就让她非常吃惊,他推开了靠近讲台的那一扇窗户。他接着说的第一句话更让她吃惊,他说:"我们应该与狂风一起旅行。"这动作和声音立刻就触动了她对爱的期待:她从一开始就没有将他当成老师,她从一开始就将他当成是诱惑和激情。

她其他的一些同学也被他迷住了。他成了她们课后最重要的谈资。她们谈论他讲课的内容和姿势,她们谈论他走路的姿势和节奏……她们还知道他来自很有地位又很有教养的家庭,从小见多识广、博览群书。她们还知道他不仅有健康的体魄,是游泳高手,还有优美的嗓音,少年时代曾经接受过专业老师的训练,做过少年宫合唱队的领唱。有一位同学曾经听他在教学楼的走廊上哼唱舒伯特的《小夜曲》。她说他唱出的那一声"亲爱的"可以让所有的女人动心……当然,她们最好奇的仍然是为什么只有女人对他动心却没有女人令他动心。每次向其他老师了解他为什么还没有女朋友的原因,她们得到的答复都惊人地相似。其他老师都说那是因为他太"骄傲"。这种答复让她们觉得奇怪,因为在她们看来,他是全校最谦和的老师。

那只是他的"表面",其他老师会这么说,他的内心其实非常"骄傲"。而内心的"骄傲"正好是她看重的品性。她很清楚,那种内心的"骄傲"会让他为她骄傲,也为他们骄傲。

另一个同样令她着迷的是他的幽默感。其他老师上课的时候都是板着面孔,好像他们正在遭受生活的煎熬。而且他们不会多说一句话,也不敢多说一句话。他很放松。他很洒脱。他不仅有许多即兴的幽默,还有许多现成的笑话。他说笑话是生活的精髓,智慧的结晶,也是学习语言的捷径。他的课总是以笑话开始,又以笑话结束。他说那些关于"愚蠢老公和聪明老婆"的笑话都是他从他外婆那里听来的。他说妇女在旧中国没有地位,他外婆那一代人就通过这些贬低男人的笑话来获得精神上的满足。

他对他的外婆怀着深厚的敬意。他说她漂亮、贤惠、坚强、豁达,有不可思议的韧性,又充满了生活的智慧。她的那些优点显然就是他心中理想女人的标准。"现在已经看不到这样的女人了。"他有一次发出了这样的感叹。她从这感叹里听出了他的忧伤。那是对时代的忧伤,那是对历史的忧伤。她知道那忧伤同样来自他内心的深处,就像他的淳朴一样,就像他的骄傲一样,就像他的幽默一样……那是她从来没有在其他男人的身上看到过的忧伤。那是令她深深地着迷的忧伤。

她不可能忘记深秋的那个奇特的下午。那天他的课是下午的最后一节。同学们都离开之后,她仍然趴在课桌上学习,一副全神贯注的样子。事实上,她全部的"神"都凝聚在他的身上。她在激情地盼望着他对她的关注。他从容不迫地收拾好课本和讲稿。他从容不迫地关上了上课前推开的窗户。他从容不迫地走到了教室的门口。但是,他没有走出教室,就像她盼望的那样。他从容地回过头来,问她为什么还不回去。她说她的作业还没有做完。他提醒她说马上就要下雨了,还是先回去吧。她说没有关系。她说她喜欢雨。她马上就觉得自己的最后这句话有点太露骨了,它好像是在呼应他对风的激情。她感觉自己的脸已经涨得通红,她知道自己的手也正在冒着热汗。她盼望着他迈出正确的"下一步"。她如愿以偿。他从容不迫地走到了她的跟前,问她需不需要他的帮助。她说不要。她同样马上就后悔了自己的这种说法。为什么说不要?为什么不说要?神奇的是,他没有理睬她的回答,侧身坐到了她前排的座椅上。她羞涩地低下了头,就好像自己已经完全裸露在他的面前。她等待的就是这个时刻。她已经四次梦见过这个时刻。她不想放过这个时刻。她想让他知道她第一次看见他的感觉以及那感觉如何在后来的日子里变得越来越浓。就在这时候,一阵轰隆隆的雷声打破了她已经忍无可忍的沉默。她抬起头来。她激动地看着他。"老师,你为什么不找女朋友?"她用很紧张的声音问。而他却一点都不紧张,好像早有准备。"这是学生应该问老师的问题吗?!"他说。他非常严肃的语气让她又羞涩地低下了头。她错过了他脸上出现的纯真的笑。"当然,老师总是要被学生议论的。"他这样说着,好像是原谅了她刚才的提问。她激动地抬起了头。"尤其是让她们着迷的老师。"她勇敢地说。

他从容不迫地站了起来。他问她带伞了没有。没有等她回答,他就接着说他可以送她回家。

他们一起走出了教学楼。她一生中还从来没有与一个异性一起共过伞,更不要说是在异国,更不要说是异国的异性,更不要说是令她着迷的异国的异性……暴雨将他们与世界隔开了,也将他们与时间隔开。伞变成了他们新的天空,这天空下的世界变成了他们新的世界。这小世界如此单纯,如此和谐,如此真实……她突然感觉到了只在梦里感觉到过的那种满足,好像她和这小世界里另外的那个生命从来就生活在一起,而且永远会生活在一起。

他们一路上什么话都没有说。他们似乎都非常拘谨,唯恐自己的身体碰触到了对方的身体。但是,他们的身体还是不时有轻轻的碰触:肩膀、胳膊甚至膝盖……那轻轻的碰触好像是比暴雨中的闪电更为强烈的闪电。它一次一次穿透她的心灵，一次一次穿透她的身体……她突然好想尖叫着冲到暴雨中去，让自己淋湿、淋透，直到淋漓尽致……就像是得到了至爱的浇灌。

他一直将她送到了留学生宿舍的门口。台阶的底部有急促的水流，他伸出他的手，她抓住他的手。她的感觉那样自然，好像那不是第一次借助他的身体，好像他们的关系已经不再是师生关系。他们一起跳过水流，又一起走上台阶，走到了宿舍的入口。他一点也没有介意有其他学生从他们身边走过。他盯着她被雨水打湿的裤腿，脸上出现了担忧的表情。"要赶快去换了。"他指着她的裤腿说，"不然会感冒的。"她被感动得几乎要哭出来了。她从来没有在她家里的任何一个男性的嘴里听到过如此关切的话语。她一点都不想"赶快"。她想看着他离开。她想他不要离开。

接下来一次上课，从他走进教室到他走出教室，她紧张得一直都没有抬起过头来。这与她晚上在床上翻来覆去的时候设想过的情况完全相合。她也想到了上课之前发作业本发到她座位边的时候他会稍稍犹豫一下才将作业本放到她的桌面上。他的犹豫让她不敢像平常那样马上打开作业本。她一直等到下课，等到他离开了教室，才慢慢地翻开了作业本。但是，她马上又将它合上。她四周看了一眼之后,猛地站起来,紧握着作业本冲出了教室。她不想被任何人看到。她冲到了上一层楼的洗手间里。她将蹲位的门锁好,打开作业本,取出里面的那张字条。她看到了他关于学生不应该问的那个问题的回答:"因为这之前还没有人打动过我。"她马上就读懂了。她反复读了五遍"这之前"三个字。她的眼泪夺眶而出。她获得了从来没有获得过的成就感。

她将这张字条当成是他写给她的第一封信。在接下来的一次课上,她的作业本里出现了他的第二封信。在那封信里,他说在第一次上课的时候他就注意到了她充满惊异和爱意的目光。他说那种目光带给了他强烈的孤独感。在收到这封信之后,她给他写了第一封信。她也写到了第一节课,她说他做的第一个动作和说的第一个句子就足以让她变成了他的俘虏……在整个冬天里,他一共给她写了八十七封信,差不多每天一封。而她也给他写过四十一封信。她开始写得很慢也很吃力,但是到十二月底的时候,用汉语写信对她已经是一种享受了。她越写越长,越写越好。她的写作课老师称她在写作上的长进"难以置信"。

她没有想到他会将第一次约会的地点选在圆明园的废墟。那是她以前从来没有去过也从没有想过要去的地方。那是一个星期六的下午,他们约好在学校北门外不远处的那一排柳树下见面。他说要带她去一个她一定会着迷的地方。在她快要走到约定地点的时候,他骑车赶上了她。她跳到车的后座上。他们穿过了三座村庄,穿过了许多的菜地……他对那些小路的熟悉让她对目的地充满了好奇。他将她一直带到了圆明园西洋楼大水法遗址跟前。她跳下车,站在他的身旁。他还跨坐在车座上,两腿撑着地。她发出了一声惊叹。"你怎么知道这是会令我着迷的地方?"她问。"因为你让我着迷。"他说。她侧过脸来。她的脸第一次贴近了他的脸。然后,他将自行车倒放在地上。然后,他拉着她的手走到一块原来应该是拱顶一部分的石头的跟前。他用另一只手抚摸着石头上的花纹。"所有的废墟都是一块磁铁。"他说,"它的一端指向过去,一端指向未来。"他停顿了一下,接着说:"能够从废墟看到未来才是智慧的眼光。"她听出了他对废墟的激情。她听出了他对未来的忧伤。她骄傲自己能够独自享受这样美妙的语句。

  还有他的歌声。后来每次进入废墟里的小路,他就会要她坐到车的横梁上来。他会唱很多在那个年代的中国被禁唱的抒情歌曲。那是他通过在地下流传的"手抄本"学来的。他收集了不少的"手抄本",不仅包括被禁唱的歌曲,还有被定性为"毒草"的文学作品。他一首接着一首地唱。他充满美感的呼吸触碰着她的面颊,令她陶醉不已。他经常会在歌唱的间隙亲吻她。而她有时候会忍不住在他歌唱的过程中也去亲吻他。他最喜欢的是舒伯特的那首《小夜曲》。他有时候会一遍接着一遍地唱。"在这幽静的小树林里,爱人,我在等你……"她有时候会用手轻轻地捂住他的嘴,担心他的歌声会打破废墟的幽静。他一定会努力挣脱开,用更大的音量唱出:"没有人来打扰我们,亲爱的别顾虑,亲爱的别顾虑……"

他有一种特殊的"视力",不仅能够看到过去,还能够看到未来。也就是说,他能够看到生活的全景。这也是令她着迷的重要特质。有一天,他问她九月二十五日是一个什么日子。她当然知道那是田中角荣抵达中国来实现"中日邦交正常化"的日子。但是,他说这个日子与中日关系还有更深的渊源:这个日子还是平型关大捷(也就是日军惨败)的日子。他说他父亲都没有看出这一点来。他一直相信这不是巧合而是安排。但是,这是哪一方的安排?如果是中方的安排,这显示的当然是中方的智慧,而如果是日方的安排,这显示的则是日方的诚意。他说事情可能更加复杂,因为平型关大捷的领导者在一年前已经身败名裂,从中国社会的最高处跌到了最低处。谁会愿意将叛国者的胜利与他背叛的国家最新的外交成就联系在一起呢?

还有一天,他与她谈起了中国的未来。他说十年之后的中国肯定已经不是"文化大革命"的中国,它甚至可能会完全走向反面,变成一个物欲横流的中国。他说这就叫作"物极必反"。他说他是从"人都是会要死的"这样的大前提加上"伟大领袖也是人"这样的小前提推导出中国面临的变化的。大多数中国人相信"万寿无疆"的神话,不想也不敢接受那个小前提。他不信。他说不久前播出的关于尼克松访问中国的"新闻简报"更是暴露了真相,让他坚定了自己的"不信"。根据那一段纪录片,他判断伟大领袖在世的时间应该不会超过五年。他说他有充分的把握,五年之后,中国将会转向。他说这种转向当然有利于社会和人民,但是,一旦过头,后果也不堪设想。他说他不愿生活在一个物欲横流的中国。他说他喜欢过简单而悠闲的生活。他说简单而悠闲的生活才是真实的生活。

她一直非常好奇是什么关键的因素使他具备了那种特殊的"视力"。他与其他的中国老师都不一样,他与她接触过的所有的中国人都不一样。他自己说哲学和死亡是他的导师。他很小就开始读古希腊哲学,对思辨和玄想都非常着迷。而他父亲亲历的那些残酷战争场面成了他最早认识死亡的材料。他父亲经历过中国和日本之间的战争、共产党和国民党之间的战争以及中国和朝鲜军队与联合国军之间的战争。他父亲两个最好的朋友就是在战场上倒下的,其中一个就倒在他父亲的身边。而他自己的死亡亲历当然更深地引发了他对生命中偶然与必然关系的思考。九岁那年,他跟着大院里的三个年轻人去密云水库游泳,游到湖中央的时候突然右腿抽筋,三个同伴都吓得不知所措。如果不是碰巧有两个农民经过,那一天就成了他的忌日。

除了圆明园废墟以外,他们还有另一个更加隐蔽的约会地点。那是一个已经废弃的小火车站。他说他注意到那个小火车站与西洋楼大水法遗址和他们的教室之间正好构成了一个等边三角形。他告诉她,是在他们学校一带非常出名的那个疯子带他发现那个小火车站的。那个疯子因为会背诵所有的毛主席诗词而非常出名。所有人都认识他,但是没有任何人了解他:他来自何处?他住在哪里?他有怎样的过去?他因为什么变成了疯子?……那一天,那个疯子突然走到他的跟前,神秘兮兮地问:"你想知道真相吗?"他很冷静地盯着从来没有走近过他的疯子,警惕地反问:"什么真相?"疯子不假思索地说:"最真的真相。"他有点好奇。"什么最真的真相?"他好奇地问。疯子对他做了一个手势,说:"跟我来。"他就跟在他的身后一直走到了已经废弃的小火车站。疯子站在那间大概只有二十平米的候车室的门口,激动地说:"就在这里。"他完全不知道他的意思。"什么叫'就在这里'?"他问。"真相啊。"疯子不耐烦地说,"真相就在这里。"说完,他蹦蹦跳跳着穿过候车室,又蹦蹦跳跳着跑到站台边沿,最后,他做出很夸张的动作,纵身跳下了站台。他也好奇地走到了站台边。疯子示意他也跳下站台。他站着没动。疯子没有勉强他,而是指着自己站的地方说:"真相就在这里。"说完,疯子一遍一遍地高声背诵着"我失骄杨君失柳,杨柳轻飏直上重霄九",沿着掩埋在杂草中的枕木,蹦蹦跳跳地走远了……他带着淡淡的忧伤走回到布满灰尘和蛛网的候车室,在靠着墙边的位置上坐下。他立刻就被那显然是人迹罕至的角落吸引住了。他不知道那个小火车站与什么真相有什么关系,但是,他知道它将会成为他的"避难所"。他喜欢在黄昏的时候带着那些"手抄本"到那里去。他有时候就坐在站台的边沿,轻轻地摇摆着双腿,纯净得就像一个孩子。她也喜欢那里的宁静,她也喜欢那里的忧伤。她对那里也是一见钟情。更为神奇的是,第一次去那里的时候,听他说完小火车站的"发现"经过,她没有什么把握地问,从疯子离开时背诵的那首词来看,他所说的真相会不会是关于爱情的真相? 他恍然大悟,将她紧紧地抱在了怀里。

从此,他的"避难所"变成了他们的"伊甸园"。他们在那里想象他们的未来。她说她母亲是一个"法国迷",因此她从小就深受法国文化的熏陶。她说她喜欢法国人的生活方式。她说他们将来应该到法国去生活。他们更在那里品尝他们的激情，品尝他们的现在：那一天傍晚，他们依偎在候车室的墙角。外面突然电闪雷鸣，就像他们第一次单独坐在教室里的那天一样。她说她有点冷。他解开了他的大衣。她脱去她的大衣，钻进了他的大衣。他的脸贴着她的头顶，纯净得就像一个孩子。可是她说她还是有点冷。他不知道还能怎么让她取暖。她解开了她的毛衣，她解开了她的衬衣……他将脸贴到了她松软的胸脯上，纯净得就像一个孩子。

《小夜曲》的歌词没有错。在圆明园废墟和废弃的小火车站，的确没有人来打扰他们。那将近一百天的激情最后要遭遇的不是打扰，而是打击，是来自左右两翼的共同打击。他们双方的父亲都认为自己的孩子给他们的家族丢了脸。昔日的宿敌变成了表面上的盟军。他的父亲利用自己的关系给学校领导施加压力，要求他们出面防止事态的发展。他父亲置学校领导关于中日已经实行"邦交正常化"的提醒于不顾，在办公室里大声嚷嚷着说："那是国家的事，这是我家的事。"接着，他还说了一句后来广为人知的话。他说他儿子"跟黑人结婚都可以"，但是"绝对不能跟日本人结婚"。而她的父亲通过外交途径给学校领导施加压力，要求他们出面防止事态的发展。他告诉自己的女儿，如果她继续与那个八格牙路的儿子呆在一起，就会断绝他们的父女关系。他们不知道事态已经发展到了不能防止的地步：他已经抱定了"宁死不屈"的决心，她已经怀上了他们都充满期待的孩子。

知道她最喜欢的运动是游泳之后，他总是说夏天的时候要带她去密云水库。但是最后他是独自去的，而且是在一个寒风习习的初春的深夜。他下水之前最后亲吻了一下她送给他的深红色的围巾。那一刻，她伫立在东京家里的梅花树下想起了远方的小火车站外的电闪雷鸣……

我 /

　　密和留给我的复印件澄清了关于她身世的许多疑点,却又给我带来了一些新的疑惑:比如她为什么不多写一点"我父母"最后分手的情况以及"我母亲"后来的情况?我只知道"我母亲"后来违背家庭的意愿,在巴黎定居下来,并且生下了那"爱的结晶"。在她女儿十九岁那一年,她已经守寡的母亲与她达成了和解,到巴黎与她们同住……又比如她为什么只字不提叙述者的外表特征?还有,对于"我母亲"的结局,她为什么只是在结尾部分一笔带过?每次读完复印件的最后一页,我都非常好奇密和是故意没有写出这些我感兴趣的内容,还是故意没有将它们复印出来给我。在冬天的最后那几天里,我一直都盼望着还能够再见到她。我想让她知道我对她作品的兴趣和看法。我甚至会提出想读到"足本"的愿望。同样,我也会告诉她,我非常喜欢她的作品用这样的方式结束:

　　　　二十六岁生日那天清早,我母亲走进我的睡房,说要送给我一份特殊的生日礼物。她在我床边坐下,递给我一条深红色的围巾和一张旧照片。她指着旧照片上那个穿着泳裤的男人说:"这就是你父亲。"

那是我第一次看见我父亲。他与我小时候梦见过的父亲完全不同。我梦见过他很多次,每次都是不同的样子,又都同样让我感觉疏远和陌生。而旧照片中的父亲非常亲切。我一看就知道他是我的父亲。

从这一份特殊的生日礼物,我母亲揭开了我身世的真相。在整个叙述过程中,我多次失声痛哭,而我母亲却始终保持着冷静的态度和平缓的语气。在起身准备离开我房间的时候,我母亲的情绪变得有点激动。她说她自己是没有勇气再去北京了,但是,她希望我今后一定要去那里看看。她相信那个小火车站应该是不存在了,但是圆明园遗址和密云水库肯定还在。她希望我一定要去触摸一下西洋楼大水法遗址上的那些石头。她希望我一定要去触摸一下密云水库的水……

一年之后,我母亲的病情加重了。她的目光和声音都开始发生变化。我越来越害怕面对着她,更害怕与她交谈。我怕伤害她,也怕被她伤害。更让我和我外婆恐惧的是,她经常会整晚整晚地失眠。失眠的时候,她会独自坐在阳台上,固执地打量着无边无际的黑暗。

因为相信改变生活环境会有利于减缓她的病情,她和我外婆商量决定搬往北美最大的法语城市蒙特利尔。但是,这于事无补。在一段短暂的好转之后,我母亲的病情急转直下。我们在蒙特利尔定居的第四年,她终于没有顶住内心黑暗的压力,从我们租住的公寓的阳台上跳进了那无边无际的黑暗。

安葬她的墓地在皇家山的北面,离海狸湖不远。我去给她扫墓的时候总是会绕到海狸湖边去走一圈。有一天,我坐在湖边的长椅上,呆呆地盯着湖面上的云影。突然,一个奇怪的想法从我的头脑中一闪而过。我想我父亲、我母亲和我会在一个奇特的冬天相聚于海狸湖边,就像三颗微不足道的沙粒。我想我一定会在那个奇特的冬天写出我父母的爱情故事。

读到密和复印件的那一天,我已经写完我妻子渴望知道的真相。所以,密和关于"我母亲"的结局的文字会让我有点紧张。我隐隐约约觉得"我母亲"病情的恶化是因为她终于说出了真相。就像希拉里注意到的那样,对一个心理脆弱的人,真相经常会有致命的副作用。

其实在我妻子的弥留之际,我也一直在纠结着要不要将她最近每天都会来追讨的真相告诉她。有时候我会非常肯定,相信说出了真相能让我安心,而知道了真相能让她安息。但是,每次一看到她已经不像身体的身体和已经没有表情的表情,我就马上失去了勇气。我会提醒自己,对一个连生命都快抓不住的人,真相还有什么意义?!这种纠结差一点被我妻子临死前三天的问题终结。那天,她的精神状况明显有点好转。中午醒过来之后,她直直地盯着我看,眼睛里重现出已经失去很久的光泽。"我一直有一个疑问。"她含含糊糊地问,"你为什么会突然同意移民的呢?"我的身体哆嗦了一下。"你不是说为了孩子吗?"我说。"那只是我的说法啊。"她说。我犹豫了一下,还是没有说出下面这一段真相里的任何内容:

自从系列报道事件之后,我对工作就没有任何热情了。我已经清楚自己不可能改变社会,而我又固执地不愿意被社会改变。我变成了一个局外人:在单位上,应付完领导安排的工作,我就不会再去发挥主观能动性了;在生活上,我既没有新奇的欲望,也没有长久的打算。从这个意义上说,我妻子对我"不负责任"的指责其实也有点道理。正因为如此,当我妻子情绪激动地提出要移民的时候,我会觉得非常奇怪。我妻子是参加同学聚会回来之后变得情绪激动的。我后来知道她在聚会上听一位在省教育厅工作的同学谈到了中国教育的一些"内幕",又听一位旅居加拿大的同学谈到了加拿大教育"人性化"的状况。在接下来的很长一段时间里,我们经常为移民的事发生争吵。在争吵得最激烈的时候，我妻子甚至提出要与我离婚。她说她要单独带着我们的孩子去国外生活。我两次在她起草的离婚协议书上签字，但是她两次在去办理离婚手续的路上突然情绪激动地将协议书撕成了碎片。

事情的转折发生在一个星期四的傍晚。因为处理那篇实习生写的关于广州音像产品市场混乱状况的报道，我推迟了下班的时间。在准备离开的时候，我注意到整层楼里只有一间办公室还亮着灯。那是我们新调来不久的主任的办公室。我很久没有加过班了，走在昏暗和安静的过道里，感觉还有点新鲜。但是，快走到电梯口的时候，我好像听到了一阵低沉的抽泣声。我开始并没有在意，因为我的脑子已经被刚才那篇关于"混乱"的文章搅得有点混乱，同时我又在琢磨着要去哪里为我女儿买她最爱吃的那种面包。不过，刚走进电梯，我就突然感觉有点不对。怎么会从我们的过道里传出抽泣的声音呢？后来，我经常想起当时那种突然的感觉。如果它没有出现，那之后的一切也许就都不会发生……我当然也就不会"突然同意移民"。但是，它突然出现了。这是出于必然还是出于偶然？我马上按开了电梯。我小心地走出电梯，站在过道的尽头仔细察听了一下，还是听到了低沉的抽泣声。我犹豫了一下，迈着若无其事的步子朝抽泣声走去。这已经是下班的时间，我不知道自己这样一个上班的时候都像是局外人的人怎么会有这样的关切。它到底出于什么心理：出于好奇心、同情心还是责任心？我很快就听清楚了：那低沉的抽泣声来自那间开着灯的办公室。我没有停下来。楼道里有摄像头，楼下的保安也许正在盯着我。我继续装作若无其事的样子，一直走到了过道尽头我们编辑部办公室的门口。我开门进去。我坐到自己的位置上，思考着应该怎么办。很简单，我面临着三种选择：或者直接去敲门，或者下楼去叫保安来敲门，或者干脆不管不去敲门。按照局外人的态度，"不去敲门"应该是我最可能的选择，"直接去敲门"应该是我最不可能的选择。我不知道自己为什么会又一次作出最不可能的选择。我拿起刚刚处理好的稿件，从容地走到了主任办公室的门前。我相信楼下的保安即使正在盯着监视器，也不会觉察出我有任何的异常。在确认抽泣声还在继续之后，我轻轻地敲了敲门。抽泣声戛然而止。接着是关抽屉的声音，接着是鞋后跟碰撞地面的声音。门开了，主任微笑着站在我的面前。"你还没有走？"她问。我将稿件递给她，说："不知道这样处理可不可以。"在主任浏览稿件的时候，我注意到办公室里并没有其他的人。刚才在抽泣的是我们的主任吗？主任抬起头来，她的脸上还是挂着微笑。"先留在这里吧。"她说，"我明天再答复你。"我不知道还能再说什么。我也尴尬地笑了笑,然后说了一声谢谢,就转身朝电梯间方向走去了。不过我的注意力还是集中在我的身后。我首先听见了轻轻的关门声。接着,我又听到了轻轻的开门声。接着是一阵沉默。接着,我又听到了主任的喊声。是的,主任在喊我。我停下来,回过头去。"你能过来一下吗?"她问。

我又走回到了主任办公室的门口。她问我是不是急着要走。我说我没有什么急事,只是要去给我女儿买她最喜欢吃的那种面包。"那我们可以聊一聊。"她说着,示意我进到办公室里。关上门的时候,她对我说随便坐哪里都可以。我就在靠近门边的沙发上坐下了,因为我意识到那是离她的办公座椅最远的位置,那种距离应该能够减缓我紧张的情绪。没有想到,主任并没有坐到自己的座椅上,而是将办公桌这一侧的椅子反过来,坐在了我的跟前。我从来就不喜欢坐在领导的面前,情绪变得更加紧张。但是,她很放松。她说她知道带孩子有多么不容易,尤其是带女孩子。她说带女孩子要比带男孩子多操好几倍的心。她说她的女儿现在已经到英国留学去了。她说女儿越大越让她操心。我不敢将她当成可以互相切磋的家长,拘谨地说我女儿还小,我自己还没有那种体会。接着,她又问我们家里是谁做饭。我说我很喜欢做,但是我做的饭我妻子却不喜欢吃。她的脸色突然出现了一点变化。"每个家庭都会有类似的矛盾。"她严肃地说。

我们交谈了大约四十分钟。交谈中没有任何一句话涉及我们的工作,也完全没有涉及刚才我清楚地听到的抽泣声。我始终都非常紧张,不可能有提及抽泣声的勇气。而她始终都非常放松,好像刚才并不是她在办公室里抽泣。最后,是她先站了起来,提醒我应该去买面包了。"让孩子等急了可不得了。"她说,"孩子的事永远都是最重要的。"

第二天中午在单位食堂吃饭的时候,主任走到我坐的桌前,指着我对面的位置问能不能坐在那里。我感觉自己的脸立刻就红了。昨天离开她的办公室之后,我一直都在想着我们意想不到的交谈。我从来没有与一位领导坐那么近,谈那么久,而且交谈的内容又那么空那么远。其实直到她突然出现在我面前的一刹那,我还在想着我们昨天的见面。她的出现打断了我的思路。她并没有等我回答,就在我对面坐下了。她问我昨天买到我女儿最爱吃的那种面包没有。她又问我女儿抱怨我回去得太晚了没有。她甚至还问我女儿长得是不是像我……在回答她这些问题的时候,我还是像昨天那样紧张。我为我的回答紧张。我为她的反应紧张。我还不时瞥一眼周围,为我的同事对我与主任坐在一起的反应而紧张。而更让我紧张的是,我突然意识到自己之所以紧张并不因为她是我的领导,而是因为她是一个异性的领导,一个昨天与我坐那么近谈那么久而且谈话内容又与工作毫无关系的异性的领导。我始终没有主动提过一个问题,我也没有多说过一句话。我们的话题一直都围绕着孩子。她还是像昨天那样非常放松。她说起了她女儿在我女儿这个年龄的时候的一些表现。她接着又大谈她对母女关系和孩子教育问题的看法。直到站起来准备离开的时候,她才突然提到了工作。她说昨天的那篇稿件她已经看过了。她让我下午去她的办公室,听她的处理意见。

　　下午上班的时候,我一直都处于心不在焉的状态。不管我的眼睛盯着什么,我的头脑里出现的都是我工作上的领导(我的主任)和我生活上的领导(我的妻子)。我在对她们作翻来覆去的比较。开始我还只是比较她们在孩子教育和母女关系方面的看法和做法。我当然更接受她的那些看法和做法,我觉得它们既比我妻子的看法和做法合情,又比我妻子的看法和做法合理。后来,我比较的范围不断扩大,我开始比较她们的教育背景,她们的思维方式,甚至她们的衣着和仪表。主任的思维比较宽松,对衣着却非常讲究,她总是穿得得体的正装,而我妻子的思维非常严谨,对衣着却极不讲究,她总是穿着松垮的便装。主任对自己的仪表也非常注意,年纪比我妻子大了很多,皮肤却保养得比我妻子要好,她走路的姿势也显得很女人很年轻……随着比较范围的不断扩大,我对再次走进主任的办公室就越来越不安。我想着昨天的相处,我想着刚才的交谈,我越来越不安。一直等到下班前十分钟,我才忐忑不安地走到主任办公室的门口,在虚掩的门上轻轻地敲了一下。她说请进。我推开门之后看到她正在埋头工作,犹豫着不知道是不是应该进去。她抬起头来,很轻松地对我笑了一下,说:"等我先忙完手头的这点事吧。"

我马上退后一步,并且带上了门。我又回到了自己的办公室。同事们陆陆续续离开的时候,我装着还在处理稿件,很认真地趴在桌子上。等同事们都走了,我拿起邻座同事桌面上的那本《收获》杂志翻了起来,一直到我突然意识到时间已经不早了,差不多到了我昨天离开办公室的时间。我走到门口,探头出去,看见主任办公室的灯还亮着。我做了一个深呼吸之后,表面上十分镇静地走过去,在依然虚掩着的门上轻轻地敲了一下。这一次是主任走到门口,拉开了门。"我在等你呢。"她说着,将我让进办公室。然后,她将门关上,锁好。

我还是像昨天那样坐在沙发的一角。我看着办公桌前的那张椅子,相信她还是会将它反转过来,在我的对面坐下。她没有。她的选择将我带进了更加忐忑不安的状况:她也坐到了沙发上,我们之间只有一个手臂的距离。

我感觉自己的身体和声音比昨天更加僵硬。我不知道应该怎么开口说话。我等着她开口说话。我希望她马上说出关于那篇稿件的意见,让我能够尽快离开。她没有让我如愿以偿。她问的还是关于我女儿的问题。"有你女儿的照片吗?"她用充满好奇的语气问。我感觉有点意外,但是尴尬的沉默总算被打破了,我同时也有点放松的心情。我赶忙从钱包里翻出我女儿上个月照的照片,递给她。她很仔细地端详了一阵照片之后,将目光移到我的脸上。我尴尬地笑了笑,不知道她接下来会说什么。"我大概能够想象出她母亲长什么样子了。"她说。我刚想说她长得其实也不太像她母亲,又不想节外生枝,打住了。

我没有想到她果然会节外生枝。"你爱她吗?"她问。

我心头一紧,突然有一种被伤害的感觉。"谁?"我用微微颤抖的声音问。

她又看了一眼我女儿的照片。"当然是她母亲。"她说。

我好像从来没有被别人问到过这个问题,更不要说是一个异性,更不要说是一个我在昨天之前还几乎毫不了解的异性。我提醒自己不要如实地回答她的问题。"嗯。"我敷衍地回答说,同时从她手里取回了照片。

"这就是你们这些男人的回答。"她说,"什么叫'嗯'!"

天哪,她的态度和措词完全不像是在与自己的同事或者下属说话。

"你们这些男人知道我们女人有多不容易吗?"她说着,突然用右手捂着脸抽泣了起来。

我有点不知所措。同时我又想起了昨天从过道里听到过的抽泣声,有一种错乱的感觉。

"你们这些男人都是一样的。"她继续说着,继续抽泣着。

我突然看到了办公桌上的纸巾盒,站起来抽了三张纸巾递给她。

后来有很长一段时间,我一直很后悔自己的这个举动。如果我不去安抚她,我们那一天的见面可能就会以另外的方式结束,我随后的生活可能就不会发生那样的变化:她没有接过纸巾,而是一把抓住了我的手,并且激动无比地将她的嘴唇贴到了我的手背上,同时抽泣得更加急促和猛烈。

我的手背上从来没有流淌过女人的眼泪,也从来没有留下过女人的热吻。我的生活中也从来没有出现过如此的激烈和冲动。我被这幻觉般的场面深深地打动了。强烈的同情心和强烈的责任感被同时唤醒。我完全忘记了我面对的是自己的领导,而且是在昨天之前还几乎毫不了解的领导。我将脸贴近了她蓬松的头发。我将她当成了我有责任要去心疼的女人,而且是一直都渴望我去心疼的女人。

她好像是感觉到了我的呼吸。抽泣声戛然而止。她抬起头来,用噙满泪水的眼睛看着我说:"你们不知道我们有多么孤独。"说完,她又低下头,将脸贴在了我的手背上。接着,她改变了一下人称代词将刚说的话重说了一遍:"你不知道我有多么孤独。"

我当然注意到了她的这一改变。她已经开始将她和我用单数连在一起,而且是与孤独连在一起!一阵忧伤刺痛了我的心。同时,我感觉到自己身上的责任更加重大。"我知道。"我用充满温情的声音说,"我知道。"

她激动地抬起头来。她用双手握紧住我的右手,将它压在了她的胸脯上。我没有想到她会跨出这么激进的一步。我不敢看着她。我闭紧着双眼,将脸转了过去,对着门的一侧,同时又努力挣脱开她的手。她误解了我的意思。"不要担心。"她说,"我已经把门锁好了。"说着,她伸手将我的脸掰过来。"没有人会来打扰我们的。"她用很柔软的声音说,好像是在哄自己的孩子。我睁开眼睛。我注意到她上衣的纽扣已经解开。我还来不及有任何反应,她急切地掀起她紫色的胸罩,接着又抓起我的手,将它压到她肥大的乳房上。我又紧张又激动。我的手摸到的乳房比我妻子的乳房也许大了一倍。这几乎是下意识的比较马上又让我对眼前的女人和也许正在等我回家的女人同时充满了负疚感。我变得更加不知所措。我不敢再看她激动地仰起的头,更不敢看她用我的手搓揉着的乳房。我又紧闭起了双眼,我还咬紧了牙关,就好像自己正在经受巨大的磨难。突然,我感觉她的手在拉动我裤子的拉链。我紧张地将它推开。"不要这样。"我说,"我们不应该这样。"没有想到,我的动作和语言不仅没有能够阻止她,反而好像是更加刺激了她。她猛地一下跪到地板上,用力拉开我的拉链,将脸埋到了我的底裤上。我的身体没有任何反应。而我的心理变得更加紊乱:除了紧张、激动和内疚之外,我又感到了巨大的羞愧和难堪。我能够清楚地感到她的嘴唇和舌头的挑逗,但是我的身体还是没有任何反应。我感到了巨大的羞愧和难堪。"你不喜欢吗?"她抬起头,用充满不安的声音问。我不敢正视她。我也不知道应该怎么回答她。我什么都没有说。"你太紧张了。"她说着,将拉链拉上,还在上面轻轻地拍了一下。然后,她站起来,整理好自己的衣服。然后,她又坐到了沙发上,紧挨着我的身体。我深深地叹了一口气,将头垂到膝盖上。她摸着我的头,用充满理解的口气说:"主要是太紧张了。没关系,下次就好了。"

接着,她开始向我倾诉她的婚姻危机。她说她和她丈夫之间已经将近三年没有实际上的夫妻关系了,但是他们还住在同一个家里,维持着表面上的夫妻关系。他在外面有人,这是她早就知道的事实,但是她一直只当那是男人生活中的花絮。她相信事情总有一天会过去。她希望事情总有一天会过去。没有想到,事情根本就没有过去,而且事情好像根本就过不去:她丈夫现在到了想跟那个人结婚的程度。自从他们的女儿去英国留学之后,他就不断向她提出离婚的要求。她不愿意离婚。她宁愿她丈夫在外面有人,也不愿意与他离婚。她丈夫很不理解她对他们名存实亡的婚姻的执着。在他看来,离婚对她没有任何损失。已经有四次了,他将完全是对她一边倒的离婚协议书交给她签字,她却连看都不看,就将它撕碎扔进了抽水马桶里。他最后决定改变策略。昨天下午,她收到了他用挂号信的方式寄来的离婚协议。他的附言只有两句话,第一句话说这是他起草的最后一份离婚协议。第二句话说如果她还是不肯签字,他就只好与她在法庭上见。说到这里,她又低头抽泣了起来。"我应该怎么办啊?"她伤心地问,好像是在问我又好像是在问她自己。这不是我能够回答的问题,但是我觉得自己有责任让她感到安慰。我很自然地将手放到了她的后背上。正当我考虑着要说些什么话来安慰她的时候,她突然停止了抽泣。"今天是值得高兴的日子。"她说,"不要让这种无聊的事情来妨碍我们。"说着,她动情地看着我,然后将嘴唇缓缓地贴到了我的嘴唇上,就像是进入了一个神圣的仪式。我妻子从来没有用如此动情的姿态亲近过我。我没有拒绝。我有点激动。我的全身都有点激动。我们的嘴唇缓缓分开之后,她还是那么动情地看着我。"从此以后,不要将我当成你的领导,也不要去想我们年龄的差距。"她低声说,"只把我当成一个需要你关心的小女人就好了。"

那天回到家里,我妻子和女儿都已经吃过饭了,餐桌也已经收拾干净。我担心我妻子或者我女儿会闻到我身上的异味,先进到卫生间去洗漱了一下。然后,我站在厨房里随便吃了几口剩下的饭菜。我妻子提醒我应该将菜热一下再吃,不要伤了胃。我说没有关系,我说我的胃没有那么敏感。我妻子不满地看着我,说:"一个对自己这么不负责任的人怎么可能对家庭负责任呢!"如果是平常听到她的这种评判,我根本就不会在意,但是在那个时候,在刚刚经历完我从来没有经历过的风暴之后,我的心却异常敏感。我感觉她的评判有特别的意指,是对我的挖苦甚至指责。"你这是什么意思?!"我大声吼叫着说。对我的这种反应,我妻子当然完全没有准备。她用诧异的目光看着我,有点不知所措。"你为什么总是用这种口气说话?!"我继续大声吼叫着说,"你为什么就不可以像一个小女人那样……"我妻子还是用诧异的目光看着我。"你今天好像很不高兴。"她说。她的声音很平静,但是充满了挖苦的意味。我马上也冷静了下来。"你也可以说我今天好像很高兴。"我也用挖苦的口气说。我妻子显然也无法理解我的这种反应。她还是用诧异的目光瞥了我一眼之后,去哄我们的女儿睡觉去了。

收拾好厨房之后,我马上就去冲了凉。冲凉的时候,我突然用一种从来没有过的心情和目光打量起了自己的身体。这是第一次。这是我第一次关注自己的身体,有生以来的第一次。在不到三十个小时之前,这身体还只是一座被遗忘的废墟,现在,它却变成了激情的载体,被需要被关注……一阵强烈的自豪感像电流一样穿过我的心灵。我将脸对准花洒,尽情地享受着浇灌的快感。可是突然,我的头部出现了一阵扯痛,紧接着我又感到了揪心的孤独,就像刚刚离开主任办公室的时候一样。我应该怎么办啊?我好像又听到了她的声音。这好像变成了我自己的疑问。冲完凉出来,我马上就躺到了床上,但是直到十一点半,我都还没有睡着。我回忆着与我妻子第一天见面以来经历的那无法言说的压抑和沮丧。我甚至想起了那个"很有才华又非常不幸"的女人和那个"必然"与我在圆明园的废墟上相遇的女孩。我妻子从来没有像她们一样触动过我生命深处的那种清纯又奇妙的感觉。她也从来没有给我的生活带来过我刚刚经历的风暴。我妻子也在卧室外面忙到了将近十一点才上床。但是,她很快就睡着了。听着她均匀的呼噜声,我突然感觉到了一种浓烈的酸楚。眼泪顺着我的面颊流到了枕头上。我不知道那酸楚因何而起:内疚?懊悔?羞愧?或者绝望?我侧过脸来看着她。温馨的夜色突然激起了我身体神奇的骚动。我侧过身来,端详着她均匀地起伏着的胸部。那神奇的骚动越来越明显。我将手伸过去,想将它伸进她的睡衣,我想去搓揉那属于她的乳房……不,那是我的乳房。那是从来没有被其他的人搓揉过的属于我的乳房。共同生活这么多年了,我也是第一次对我妻子的身体产生了强烈而神圣的归属感。但这只是非常短暂的归属感。我的掌心刚刚触到那属于"我"的乳头,我妻子就有了反应。"不要乱动。"她愤怒地说着,粗暴地将我的手推开,猛地将身体转向了另外一侧。

随后整整两个月的时间里,我的身心都处于分裂的状态:我妻子一贯的冷漠突然变得让我感觉难以忍受,而主任从天而降的激情也让我感觉焦躁不安。我每天都处于分裂的状态,既不想去上班,又不想回家。每次主任要我去她的办公室"谈工作",我都有很深的困惑。她没有说错,我果然"下次就好了"。但是,我身体的快感一点都没有冲消我心灵的痛苦。这种痛苦让我每次"谈"完"工作",走出她的办公室之后都有一种如释重负的感觉。每次她都好像很舍不得我离开。有一次她甚至说,想着我要回家去面对另一个女人,她心里就很难受。我其实也有类似的感受。她后来再也没有让"无聊的事情"(就是与她丈夫有关的事情)来妨碍我们了。但是对我来说,她的这种沉默有时候反而是一种巨大的噪音。它让我心烦意乱,它让我不知道她对我的需要到底是什么性质的需要。她为什么对已经名存实亡的婚姻还那么执着?每次想着她在我们"谈"完"工作"之后马上就要回家去面对另一个男人,我心里也非常难受。

这种难受肯定是我拒绝去她家里的重要原因。在那两个月的时间里,她三次向我发出过这样的邀请:有两次她是邀请我在周末的时候去,有一次她是邀请我在上班的时候去。她暗示我她家里没有人,她肯定我"一定可以更放松"。这种邀请让我非常难受。我不愿意坐在满足过她的另一个男人坐过的沙发上,我不愿意使用满足过她的另一个男人使用过的卫生间,我也不愿意看见满足过她的另一个男人看见过的窗口和窗外,我甚至不愿意面对满足过她的另一个男人面对过的墙……我没有找什么借口。我只是说我不可能"更放松"。她好像非常需要我在她家里出现。我的拒绝令她非常沮丧。在她第三次发出那种邀请的时候,我突然意识到她对我的需要不仅仅是生理的需要,还是心理的需要,而且是一种很阴暗的心理需要:她需要用我来弥补她丈夫对她造成的伤害。她更需要用这种弥补来强化她不肯离婚的决心。我相信我在她家里的出现被她当成是这种弥补的重要部分,对她的心理治疗具有特殊的象征意义。这种突然的意识让我的拒绝更加猛烈。"你找另外一个人去吧。"我粗暴地说。也就是从那以后,我开始觉得让自己身心分裂的激情其实是比"无聊的事情"更无聊的事情。

所以,她突然很兴奋地告诉我她丈夫已经"回心转意"的时候,我一点也没有感觉意外,也一点都没有感觉失落。不过,她选择告诉我这件事的场合让我感觉恶心。她是在办公室里告诉我的,是在她刚刚惊叹完"非常满足"之后,是在她刚刚将底裤拉过膝盖的时候。"我丈夫终于回心转意了。"她很兴奋地说。我面无表情地看着她。"你不会有什么别的想法吧?"她说着,将我从沙发上拉起来。"我很高兴他能够回心转意。"她说,"只是——"她停顿了一下,接着说:"只是我们以后不能再这样了。"说完,她又抱紧了我。我僵硬地站在那里,手都没有抬起来。我在烦躁地等待着她将手松开。

那天晚上刚关掉台灯,我就侧向我妻子,将手搭在她的左胸上,将脸埋在她的右肩上。这已经是我很久没有做过的亲密姿势。"我们开始办吧。"我说。

我妻子过了一阵好像才意识到我是在跟她说话。"办什么?"她问。

"移民啊。"我说。

我意识到我妻子将脸侧了过来。

我没有改变姿势,还是将脸埋在她的右肩上。"你说得对。"我说。

"我说什么了?"我妻子问。

"你说为了孩子我们应该迈出这一步。"我说。

结 束 的 结 束 /

皇家山上的溜冰场在三月的第二个星期正式关闭。在最后的开放日,我也是在日出之前就赶到了那里。服务站的门还没有开,我在门边的长椅上换冰鞋。在准备上场的时候,我突然想起了将我带进这个冬天的韩国学生。她应该已经回国去了吧。我不知道她后来是不是还上过皇家山或者是不是还想起过我们一起上过的皇家山。如果她知道接踵而至的是一个如此奇特的冬天,她一定会像我一样对我们那好像是偶然的相遇充满了感叹。

因为晚上的气温明显回升,而冰场当天的维护还没有开始,冰面上有不少的凹坑,溜冰的速度很难起来。我溜了不到二十分钟就没有什么兴致了。我回到服务站门边的长椅上,茫然地望着覆盖着积雪的海狸湖。也许是因为对结束的伤感吧,绚丽的日出也没有让我感觉特别兴奋。希拉里在传来"遗书"之后就再也没有消息了,密和也已经变成了一叠呈现"碎片化"内容的复印件,整个奇特的冬天也马上就要走到尽头……我突然有一种幻灭的感觉。这种感觉让我马上又想起了"王隐士"问过我的第一个问题。我为什么会生活在这里？这个问题的答案其实一直都在增加。现在，这个最奇特的冬天又让我发现了更多的原因。现在，我会说是因为密和，是因为希拉里，是因为白雪皑皑的皇家山，是因为冰冻三尺的海狸湖……但是，随着冬天的结束，这一切也都会成为过去。我突然有一种幻灭的感觉。我突然觉得我不应该继续生活在这里。这时候，从丛林的深处又传来了啄木鸟啄击树干的声音。那"空"的声音打破了皇家山清晨的寂静，却让我感到了更深的空虚。我突然觉得我不应该继续生活在这里。

在回家的路上，我特意去我妻子的墓碑前，烧掉了我为她写出的真相。我不相信我妻子对事情的经过和我的心理活动有什么兴趣，在为她写出的最后版本里只保留了真相中的一些关键的事实以及我专门写下的那一段忏悔。我的忏悔非常全面：从我一贯的"不负责任"一直忏悔到了我那天的"大声吼叫"。我甚至对我们移民生活中发生的最激烈的争吵也作出了忏悔。那次争吵是因为她坚持要买我们后来一起住了九年的房子而起的。她是无意中看到了那房子正要出售的广告的。她立刻就决定要买。而我从来对买房就没有兴趣，又觉得那房子离我女儿的学校不近，离我们的小店也很远，所以坚决反对。我在忏悔中承认自己没有商业眼光和经济头脑，也解释说自己在她死后将房子卖掉正好是出于对她的尊重、敬佩和思念，与我当时的反对没有任何联系。我一直看着我写给她的真相完全化成了灰烬才离开我妻子的墓地。在走出了几步之后，我突然又想起了刚才在海狸湖边出现的幻灭感觉。我回头看着墓碑，告诉我妻子，我刚才突然觉得我不应该继续在这里生活下去。

没有想到那位台湾邻居的方法如此灵验：在我将真相烧给她的当天晚上，我妻子就没有在我的梦里出现了。这说明我提供的事实满足了她的需求，也说明她接受了我的忏悔。当然最重要的是，这说明她已经原谅了我，"放过"了我。更神奇的是，我妻子从此再也没有回到过我的梦中。这么多年过去了，她再也没有到我的梦中来过。这灵验也许是那个最奇特的冬天呈现的最后的神奇。在烧掉真相的第二天清早，我精神饱满地睁开眼睛之后马上就作出了结束自己十五年移民生活的决定。

我决定回到已经面目全非的故乡去。我知道我已经不习惯那里的空气和风气。我知道我已经不习惯那里的喜悦和焦虑。我知道，经过这十五年的移民生活，我的故乡已经变成了异乡。或者应该说是我自己已经变成了异客？上次回去的时候，亲人和朋友们都说我变了，因为我无法理解他们津津乐道或者怨声载道的话题，也无法欣赏他们洋洋得意或者悲悲戚戚的记忆……我也不愿意与他们谈论我自己对故乡的看法和我"在别处"的生活。不，应该说是我们都变了：在这个"全球化"的大时代，在这个信息共享的大时代，我们都变得无法理解对方了,我们都变得以为是对方变了……这荒诞的局面并没有动摇我的决定。我决定回到已经面目全非的故乡去。

回家之后的第一件事就是给我女儿写邮件。我首先将这个决定告诉她。我并不想让她知道这是我突然的决定,或者是因为在皇家山上无意中听到"空"的声音而作出的决定。我说这是经过了"整整一个冬天"的思考而作出的决定。回看整个冬天,我说的当然就是这个决定后面的真相。接着,我请求她尽快抽时间回来一趟,与我一起做好最后的安排。

我用了将近一个月的时间准备我的彻底离开。这期间,我每天都在等待着我女儿的回复。她的沉默让我非常难受。但是,我也有充分的思想准备。我甚至做好了她可能一直都不回复的思想准备。这期间,我又给希拉里写过两次邮件,还是没有收到她的回复。我已经开始相信密和的假定,但是,我同样继续在幻想着奇迹。这个奇特的冬天里所发生的一切告诉我,在生活中,没有任何事情是不可能的:奇迹随时都有可能出现,什么样的奇迹都可能出现。这期间,我还有与密和的最后一次遇见。那一天,我乘坐橙线地铁经过维多利亚广场地铁站。在列车开动之后,我看见密和正在站台上调整电动轮椅。她显然是刚下车。也就是说,我们刚才坐在同一班地铁上。可是,我们为什么没有坐在同一节车厢里呢?这是出于必然还是出于偶然？我激动地在车窗玻璃上敲了几下,她当然听不到,她当然不可能听到。当列车驶进隧道的时候,我又一次强烈地感觉这最奇特的冬天已经结束。

我在离开之前的一星期才买好单程机票。在买好机票之后,我犹豫了将近两个小时,还是决定再使用一次"老子孙子原则",给我女儿写去了一份语气卑微的邮件,表达了希望在彻底离开之前再见上她一面的愿望。我甚至使用了"下次就不知道是什么时候了"这种绝望的句子。同时,我还将机票传到了她的邮箱里,希望她知道事情的真相以及时间的紧迫。

"老子孙子原则"是我那位台湾邻居总结出来的。在第一次向她抱怨我女儿"不懂事"的那天,她摇着头说他们家的情况也完全一样。她说他儿子搬出去之后,住在离他们步行只有十五分钟路程的地方,但是,他却曾经创下了一年三个月零八天不回家来看看的纪录。当然,他现在慢慢好起来了,她安慰我说,将来我女儿也会好起来的。接着她告诉我,经过多年的观察并结合自己的经验,她总结出了家长在处理与孩子的关系问题上必须牢记两条原则：一是"胳膊大腿原则",一是"老子孙子原则"。她说家长对孩子万不可强求,因为"胳膊拧不过大腿,而'他们'是大腿";她又说家长不要老想着自己是"老子",要学会对孩子们装"孙子"。也就是说,不管受多少屈辱,都要默默地忍受,不管有多么绝望,都要耐心地等待,"死皮赖脸地等待"。总有一天,孩子们会回到他们的身边,完成最后的和解。

我还是没有等到我女儿的邮件。但是,就在我离开前两天的中午,在对我们的见面几乎彻底绝望的时刻,我接到了她打来的电话。这是她从我的生活中搬出去之后第一次给我打来电话。这也是在整个冬天没有她的任何消息(这"没有"当然也应该算是这个冬天的一个奇迹)之后,她给我打来的电话。最熟悉的声音突如其来,令我激动不已。

我女儿非常平静也非常自然,就好像那只是日常的通话,中间没有隔着整个的冬天,也没有隔着绝望的等待。她说她打电话给我是因为想到我的飞机是一大早的,我应该在前一天就要办好全部的退租手续,她问我出发前的那个晚上在哪里过。我告诉她那位台湾邻居同意我在他们家的客厅里住一晚。我女儿的反应让我更加激动不已。"还是到我这里来吧。"她说。她第一次将她的住址告诉了我。她还告诉我,她会提前一个小时下班,这样对我会方便一点。我不敢相信这是真的。我不敢相信地狱真的能够突变为天堂。这难道就是那奇迹般的和解?

这是真的。这应该是那个最奇特的冬天之后出现在我生活中的第一个奇迹:在结束移民生活之前最后的那个黄昏,我第一次走进了我女儿的家——这个世界上第一个属于她自己的家。这其实也应该是属于那个最奇特的冬天的奇迹。我激动不已。我激动不已。但是我不想让我女儿感觉难堪,强忍住了自己即将一发不可收拾的泪水。我女儿首先为我介绍了一下她"家"的设施,然后示意我在小餐桌旁坐下,继续向我介绍她"家"周边的情况。我注意到她的"家"比我想象的要整洁得多。也许她是特意为我的到来而收拾过的?!这种想法让我感觉特别温馨。我希望她在意我。我没有想到她还在意我。然后,我女儿带我去三个路口外的一家意大利餐馆吃饭。跟从前比,她的话当然还是不够多。不过,我们终于有了正常的交流。这好像是从她进高中之后就没有过的。也就是说,她不仅被动地回答我的问题,还会主动地发表她的看法,甚至还会更加主动地提出她自己的问题。她认为回国去生活对我可能是正确的选择。"你可能不会像现在这么孤独。"她平静地说。

我叹了一口气,说:"真没有想到这个冬天就这样结束了。"

我女儿显然是误解了我的意思。她将我的话当成了是对她的责备。"我真的很忙。"她用带有内疚的声音说。

"我没有责怪你。"我说。稍稍停顿了一下,我又补充说:"其实我还应该感谢你。"

我女儿用费解的目光看着我。

"这么多年来,我一直没有自己的生活。"我说。

"你应该有自己的生活。"我女儿说。

她的话又让我感觉非常温暖。"还记得从前带你去皇家山上溜冰的事情吗?"我问。

"已经很久了。"我女儿说。

"这个冬天我差不多每天都去山上溜冰。"我说。

这显然是我女儿没有想到的。她用惊诧的目光看了我一眼。

我笑了笑,说:"是啊,这个冬天我其实并不孤独。"

"你应该这样。"我女儿说。

"而且每天上山,我都会带着你的冰鞋。"我说。

这显然更是我女儿没有想到的。"为什么?"她问。

"想找回从前的感觉啊。"我说。

我女儿对我的回答也有点吃惊。"找到了吗?"她问。

我很激动地看着她。我有点想说现在我找到了。但是,我不想让她感觉尴尬,我没有说。"这个冬天真是有点不可思议。"我说。

我女儿没有继续追问。她将话题转向了她爷爷和奶奶。我在邮件里很粗略地提到过她爷爷和奶奶的身体最近都发现了一些问题。我回国去生活的一个主要目的就是能够陪伴和照顾他们。

离开餐馆之后,我女儿带我去她住处后面的那个公园散步。在那里,我向她交代了一下我们家的财政状况。经过十三年的惨淡经营,我们也有了不少的积累。而房产的增值又给我们带来了更多的收益。我夸奖她母亲是一个很有商业眼光和经济头脑的人,当年买便利店和买房子的决定都很明智。我说我自己的生活非常简单,将来肯定能够为她留下一定的"遗产"。我女儿对我的这种交代没有什么兴趣。她提醒我不要太节省,更不要想着为给她留下"遗产"而节省。"你以前不是说过将来有钱又有闲了就要去看世界的吗?"她说。

这是在"王隐士"离开之后那一段时间里我经常唠叨的话。"你还记得我说过这样的话?"我吃惊地说,心里感觉很温暖。

"我真希望你能够有自己的生活。"我女儿说。

这罕见的关切让我非常感动。我望了一眼澄澈透明的天空,深深地叹了一口气。我在感叹生活中出现的新的奇迹:"地狱"突变成"天堂"的奇迹。

我女儿误解了我的感叹。她看了我一眼,说:"你会怀念蒙特利尔的天空的。"

"我会怀念蒙特利尔的奇迹。"我说。

我女儿又用吃惊的目光看了我一眼,好像突然看到了我的改变。

接着,我提醒她平时有空,一定要多去她母亲的墓地看看。说到这里,我不知道为什么突然有点冲动。我停下来,侧身面对着我女儿。"你知道的,我们之间没有什么感情,"我冲动地说,"但是将来死后,我还是想与她埋在一起。"

我女儿拉了拉我的衣服,示意我继续往前走。"还是不要想那么远的事情吧。"她说,"我倒是觉得你现在应该考虑找一个合适的伴,一起好好过日子。"

第二天清早,我女儿坚持要陪我一起去机场。这也完全出乎我的意料。我装模作样地推辞了一番,但是她的态度非常坚决。这完全出乎我的意料。我感觉非常安慰又非常得意。坐上出租车后,我们有很长一段时间没有说话。我不知道她在想什么。而我想起了我们刚到蒙特利尔的那个夜晚,十五年前的那个夜晚。我的回忆最后被我女儿的声音打断。她说,将来有什么事给她写邮件就好了。这当然意味着将来她会回复我的邮件。这不可思议的和解!我很感动。接着,我告诉她,我将她昨天晚上死活不肯要的那张支票压在她的枕头下面了。她温情地责怪我不应该那么做。她说她现在真的不需要钱。我说我只是有点担心,怕她将来突然会要有急用。

到机场后,我建议我女儿就随着出租车回去。她没有接受。她一直陪着我办好了登机的手续,一直陪我走到了安检口。我有点犹豫,不知道应该使用什么方式与她告别。我不想让自己感觉遗憾,又不想让我女儿感觉尴尬。没有想到,她主动张开双臂,拥抱了我。这也完全出乎我的意料。我记得上一次还是在她母亲下葬的时候,她曾经伤心地拥抱过我。在感觉我们的关系已经死去的那些日子里,我曾绝望地肯定我女儿永远也不会对我做任何亲热的动作了。没有想到她会张开双臂拥抱我,并且俯在我的耳边,用整个冬天我都在绝望地等待的声音祝我一路顺风。我突然控制不住自己的情绪。从昨天晚上起我就一直压抑着不敢问的那个古老的问题终于蹿出了我的喉管。"你喜欢这里吗?"我激动地问。

我女儿好像并没有感觉突然。她看着我,用很平静的语气回答说:"喜欢。"

这是我期待的回答。这也是我需要的回答。我的眼眶顿时就湿了。"还记得吗?"我激动地说,"十五年前,就是在这里,在我们刚走出机场的时候,我第一次问你这个问题。"

我女儿点了点头。

"我记得你深深地吸了一口寒冷的空气,然后做出很陶醉的样子,回答说'喜欢'。"我激动地说。

我女儿点了点头。

"后来我又总是这么问你,还记得吗?每次我们单独在一起的时候,我就想这么问你。在去皇家山上溜冰的路上,我就总是这么问你。"我激动地说,"你的回答从来没有改变过……这是生活对我最大的恩赐。"

我女儿又一次拥抱我,同时催我赶快进入安检口。

我突然忍不住放声大哭起来。"知道吗?"我激动地说,"这是这十五年里生活中唯一没有改变的东西。"

我没有想到我会带着那"生活中唯一没有改变的东西"离开生活过十五年的蒙特利尔。我将这当成是那最奇特的冬天里最后的奇迹。在飞往北京的飞机上,我想起了"王隐士"关于移民的激进说法。他说移民最大的神秘之处就是它让移民的人永远都只能过着移民的生活,永远都不可能再回到自己的"家"。"'回家'对移民的人意味着第二次移民。""王隐士"说,"你永远回不了家了！你成了所有地方的陌生人！"他说得很对。我前两次回国的体验就足以证明他说得很对。在那十五年的时间里,我的家乡对我只是没有生命的"新闻"和"信息",我没有与它同过"甘",也没有与它共过"苦"。同样,对我的家乡来说,我也只是"微不足道的沙粒"。我的家乡不可能理解我在异乡经历过的喜悦和悲伤,也不需要理解我在异乡经历过的喜悦和悲伤。经过这个最奇特的冬天,我相信我们彼此之间的感觉会变得更加陌生。我提醒自己对这"第二次移民"必须做好最充分的思想准备。

　　离开蒙特利尔已经一千九百五十二天了……在这一段平凡的日子里,我经常会在睡梦和幻觉中看见白雪覆盖着的皇家山。但是不知道为什么,这种"看见"并没有将我带进那个最奇特的冬天,反而在将我带离、带远……我最后总是会从睡梦中惊醒,我最后总是会从幻觉中惊醒,我最后总是会觉得在那个冬天里发生过的一切都难以置信。那两个谜一样的女人！她们像谜一样出现,又像谜一样消失……她们与我正在面对的现实完全没有任何的关系。

陪伴和照顾我的父母占去了我"第二次移民"中的大部分时间。他们就是我正在面对的现实。前面的三年,我的陪伴和照顾还是以"家"为中心。第四年的大年初三,我父亲突然咳血,被送进了医院。他的肺癌很快就被诊断出来。而在我父亲住院一个星期之后,我母亲因为脑溢血也被送进了同一家医院。我父亲的病房在八层,我母亲的病房在三层。我父亲知道我母亲就住在他的楼下,我母亲不知道我父亲就住在她的楼上。他们从我母亲住院之后就再也没有见过面。

我弟弟为他们各请了一个专业的陪护,但是我父母对我的需要变得更加强烈。我将自己的时间平分为两半:上午九点走进我父亲的病房,十二点离开;下午一点走进我母亲的病房,五点离开。这就像是一份"朝九晚五"又没有节假日的工作。我有时候会感觉自己又回到了经营便利店的年月。我母亲很快就完全失去了认知能力。她连她"什么都好"的小儿子都认不出来,当然就更认不出"什么都不好"的我了。她称我为"爸爸",好像只有"爸爸"才会像我那样每天坐在她的床边陪护她。她的脾气变得越来越不好。除了对"爸爸"稍有点畏惧之外,对其他人,尤其是专业陪护和医生的态度都非常恶劣,在治疗方面也很不配合。

我与我父亲突然有了许多的交谈。他有时候甚至会问起我在蒙特利尔的生活。不过,他对我母亲的态度让我觉得非常奇怪。他从来没有提出过要下楼去看一下我母亲,但是每天早上一见到我,却总是用同一个问题向我打听她的情况。"她还活着吗?"他这样问。他的问题经常会让我怀疑他的大脑也出了问题。那一天,我终于失去了耐心。"你是想她活着还是想她死了?"我不耐烦地问。我父亲的目光充满了迷惘。"我只是有点怕。"他说。"怕什么?"我不耐烦地问。"我怕她死在我的前面。"他伤心地说。还没有等我想好应该怎么安慰他,他接着又说:"我也怕她死在我的后面。"他的这种自相矛盾的"怕"让我觉得非常荒诞。突然,我意识到这是一个可以报复他的机会。我冷笑了一下,说:"这一次,数学解决不了问题了吧。"我父亲瞥了我一眼,显然也意识到了我是在报复他一直对我数学不好的那种蔑视。他长叹了一口气,说:"数学从来就解决不了问题。"我没有想到他会说出这样绝望的话。我隐隐约约从他的话里听出了他对自己的责备。我将手轻轻地放在了他的手上。我不想他继续难受。"她现在还活着,"我安慰他说,"但是那跟死了没有什么两样,她已经没有认知能力了。"我父亲急促地咳嗽了几声。"我一直觉得我们的结合是一个错误。"他有点激动地说。这是我第一次听他对婚姻的抱怨。"为什么?"我好奇地问。"她是一个智商很高的人,"他说,"她不应该跟着我这样一个畏畏缩缩的人,在小县城里生活一辈子。"他停顿了一下,接着又说:"她应该过完全不同的生活。"这是我第一次也是最后一次听我父亲对婚姻的抱怨。这也好像是我第一次听到有人站在对方的立场上抱怨他们的婚姻。从那以后,我父亲就再也没有向我打听过我母亲的情况了。

大概是在半年前的一天,在与我父亲交谈的时候,他突然问我将来准备怎么过。我说我还没有考虑过。我父亲说长期一个人肯定不是办法,应该考虑找一个"合适的人"一起生活。我说那可不是一件容易的事。"当然不容易,你自己已经有过那样的教训了。"我父亲说。我苦笑了一下,提醒他不要羞辱死人。我父亲看了我一眼,深有感触地说:"是啊,我自己都是快死的人了。"说完,他示意我靠近他一点。我朝他俯过身去。"其实现在就有一个人很合适。"他很认真地说。"谁?"我不以为然地问。我父亲神秘兮兮地用手指了指病房的门口。我还是不知道他说的是谁。我父亲又急不可耐地做了一套注射的动作。我知道了,他说的应该是他自己很喜欢的那位护士长。"我听说她刚刚离了婚。"我父亲兴奋地说,就好像离婚是一件大好事。

我父亲的话引起了我内心的一阵骚动。我对那位护士长也很有好感。她的长相和身材都很合我的口味;她说话和做事的方式也很合我的理念;而最让我感觉舒服和亲切的是,她还很喜欢阅读,手上经常会捧着一本"毫无用处"的书。我虽然从来没有想过与她有什么关系,但是我父亲这么一说,我倒真觉得她是一个"合适的人"。

我父亲接着又说他已经看出护士长对我"有意思"了，因为她最近一段经常向他打听我的情况，甚至还对我最近一段在病房里读的那本书都非常好奇。我父亲接着还批评我"粗心大意"、"感情淡漠"。他说三个星期前，护士长曾经极力向我们推荐过一部名为《空巢》的小说，可是我根本就没有将她的推荐放在心上，至今还没有找来读。"据我的估计，"我父亲神秘兮兮地说，"那里面肯定有她想要向你传递的特殊信息。"

我没有忘记护士长的推荐。我还记得她说那是一部适合我和我父亲两代人一起读的小说。但是，我早就已经对中国当代的文学作品没有兴趣了，所以才没有将她的推荐放在心上。我当天中午就去书店买到了那部小说，接着就在我母亲的病床边读了整整一个下午，晚上又在家里一直读到了深夜。我没有发现什么"特殊信息"，不过，我觉得那是一部很好的作品，不仅语言干净、结构精致，还有诚挚的情感和深刻的思想……在阅读的过程中，我不断想起自己的那一段"空巢"生活。在我女儿完全失联的那整个冬天，我也经常有被生活欺骗的感觉。如果不是因为希拉里和密和的出现，我可能也会像小说的结尾暗示的那样，将自己的生命结束于一个忍无可忍的寒夜。

第二天趁着护士长的办公室没有其他人，我去那里坐了一下。我感谢她推荐给我们的作品。我说我昨天一口气就读完了那部小说,非常喜欢。我说我刚才也已经给我父亲读了一个开头,他也非常喜欢。我说我父亲也差一点遭受过电信诈骗,小说中的一些细节会让他感觉十分亲切。我这是第一次正式坐在护士长的对面与她交谈,也是知道她对我"有意思"之后,第一次离她那么近。我发现我以前对她的感觉都是对的。我还发现我现在对她的感觉比以前的更好。

从此以后,我与护士长的交谈越来越多了。我们交谈的内容也很快就超越了书本,进到了生活的各个角落。我们对生活中所有的问题都有相同或者相近的看法,这带给了我很大的喜悦和满足。有一天,我甚至与她谈起了希拉里和密和。我没有想到,她对那两个神秘女人的言行竟然会有那么深的理解和那么深的感叹。而她最后的遐想更是激起了我的遐想。她用真挚的语气说"将来如果有机会",她也很想到海狸湖边去感受感受。我们的交谈越来越深了。思想和语言的流畅经常会让我去想象我们在一起的生活和我们在一起的融洽。

我母亲在八月的最后那个周末停止了呼吸。我和我弟弟都觉得应该向我们正在弥留之际挣扎的父亲隐瞒这个消息。但是安葬了母亲之后的第三天中午,当我正要离开病房的时候,我父亲突然叫住了我。"以后每天下午你也来陪我好吗?"他恳求着说。我心头一紧。"我——"我说,"我不是还要去楼下——"我父亲将脸侧到了一边,打断我的话说:"人都不在了,还去什么?!"我不知道他是怎么知道的。我也不想知道他是怎么知道的。我又走回到他的床边。我又在他的床边坐下。

医生说如果我父亲的身体能够顶得住化疗的压力,他就还能活两三个月;如果顶不住,他就只有两三个星期的时间了。这种死亡判决对我父亲已经没有什么意义。随着他的时间越来越少,他的精神状态却越来越好,因为他知道我和护士长的关系已经完全明确,我们已经在计划和安排将来的生活。他将这当成是我们父子关系彻底和解的标志,多次感叹说我活到现在这种年纪才总算做了一件让他开心的事。他也将这当成是他个人的成就,甚至得意地说他的癌症"总算没有白得"。

护士长与我一起参加了我父亲的安葬仪式。在将我父亲的骨灰盒放入墓穴的时候,我突然想起自己在蒙特利尔最后的那个晚上很冲动地对我女儿说过的话。我将来会埋在哪里呢?会跟谁埋在一起呢?我瞥了站在身边的护士长一眼。她温情地抓紧了我的手。这时候,我好像又听到了我女儿关切的声音:"还是不要想那么远的事情吧。"

是的,这也许就是发生在蒙特利尔那个最奇特的冬天的故事应该结束的地方。

图书在版编目(CIP)数据

希拉里、密和、我/薛忆沩著.—上海:华东师范大学出版社,2016.4
ISBN 978-7-5675-5186-2

Ⅰ.①希… Ⅱ.①薛… Ⅲ.①长篇小说-中国-当代
Ⅳ.①I247.5

中国版本图书馆 CIP 数据核字(2016)第 093875 号

希拉里、密和、我

著　　者　薛忆沩
策划编辑　王　焰
项目编辑　朱华华
审读编辑　陈锦文
责任校对　王丽平
装帧设计　崔　楚

出版发行　华东师范大学出版社
社　　址　上海市中山北路 3663 号　邮编 200062
网　　址　www.ecnupress.com.cn
电　　话　021－60821666　行政传真 021－62572105
客服电话　021－62865537　门市(邮购)电话 021－62869887
地　　址　上海市中山北路 3663 号华东师范大学校内先锋路口
网　　店　http://hdsdcbs.tmall.com

印 刷 者　上海中华商务联合印刷有限公司
开　　本　787×1092　32 开
印　　张　9
字　　数　162 千字
版　　次　2016 年 8 月第 1 版
印　　次　2016 年 12 月第 2 次
书　　号　ISBN 978－7－5675－5186－2/I・1522
定　　价　36.00 元

出 版 人　王　焰

(如发现本版图书有印订质量问题,请寄回本社客服中心调换或电话 021－62865537 联系)